U0918640

尘　曲

七堇年／著

浙江文艺出版社

目 录

第二部分　散文/138

代序：迟到十年的回信

致堇年：

这是我第一次为别人写序，没想到是给你写的。十年，不过一眨眼，日影偏移，物影渐淡。不过如此。

十年前，你初次在纸上遇见我，给我写信，无果而终，那时你才十四岁，而我不过是一本青少年杂志上刚刚冒头的年轻作者，瞬间出现又猝然消失。我以为我对读者，不过是没有心肠的刹那流星，来去洒然，不落爱憎。从不曾想过，还有人像你，纸上一见，心系十年。

五月底，你收到了我迟来的E-mail，于是有了香港的一面之缘。大雨之夜，通宵长谈。这些年来，心牢地缚也罢，浪迹消磨也好，说来竟都像事不关己一般。

那一场大雨，白花花地下到心里去。到最后，相顾无言，唯余一笑。

普天之下漂流者，皆若空游无所依。虽然人类对彼此的孤独鲜有触碰的机会，亦无知悉的必要，然而，人们又是多么地渴望能找到一个可以彻夜交心的人，像散佚的诗篇，矢志寻觅与自身押韵的诗行。哈代在《苔丝》里面说：人类这个集体，从整体上看来非常可怕，但是从每一个单位看来，却又不足畏，甚至于可怜。

人间事事不堪凭。一旦撒手，有些人和事，就像指间沙，风中线，永远失去。春老才觉短，别后方知远。写过这样的字句，我更加明白，珍惜是何等美德，而相见又是何等幸事。

按理说，我是没有资格给你写序的，从没老老实实、从头至尾读完任何一位同龄人作品，包括你——80后，名目繁多的头衔，似曾相识的吁叹，像包装各异、滋味雷同的点心，糖分有余，营养难讲。我不是要批评谁，你晓得我的意思。这是个讲究皆大欢喜的年代，批评是多么扫兴。“唱反调”的结果，多数时候是为新闻工作者带来福音，对于文学建设鲜有裨益。

何况，我曾也是死于同一场热病的罹难者，而且只是这片闹哄哄的乱葬岗中，一个无名的游魂。对于所有人，乃至我自己，我向来有宽容的人格，却少有怜悯的心情——路都是自己选的。

我只是碰巧见证了《尘曲》全书的出炉过程，并且有幸见证你的孤独，包括生命里突如其来的暴动，往事的阴影遗留下的褶皱，也包括最朴素的生活，最远大的梦想。

而我写下这篇序的目的，是想告诉你，那个终生寻找一片装盛泪水的叶、一朵记录欢笑的花朵的身影，并不只是你，或者我，而是，人类，全部。

在我看来，《尘曲》是一本孤独者的告白。——从你身上，我突然想起很早以前自己的模样。

你在远镇的落日里，伤心回头寻觅父亲的影子，但待转身之时，忽然明白“其实悲伤深处空无一物”。而我同样曾在暮色四合之时，遥望一江凌乱的艳光，努力想要看清那些被一生忧患蚕食得崎岖的、多孔的、年长的心灵。

我们都曾想通过纸上虚拟的冒险，试图厘清我们出生之前岁月的纷繁肌理，对蚀刻一张张容颜的隐形之力，我们是何等不屑，又是何等畏惧。不屑的是，人生没有如果可言，笔下的世界却可以推翻重来，貌似比上帝更为自由的操控感，令我们如此着迷；畏惧的是，我们想要探寻的谜题，就算耗尽毕生，也未必有一个说得清楚的答案。

时光一泻千里，关山在前，故乡已远。寻找的意义，不在于答案，在乎过程。

还有，旅行。从稻城亚丁，到国境之南，从安纳托利亚高原的红色，到欧洲深冬的铅灰。你所想的，是从最荒凉的旅途中走出最繁华的风景来。那时的我，同样在陌生的蓝天之下摇摆徘徊，任由白日梦腾腾燃烧。

直到凌晨醒来，内心一片空白。

你说，这个时代，我们相爱便只是为了相爱，流浪也只是为了流浪本身。人世间，红尘外，我们总是喜好选择最远最少人问津的路，从来不问那条路有多远，哪怕尽头的风景，未必就比康庄大道来得更美好。活着，便是一世的行走，我们只不过是想多看这个缭乱寂寥的世界一眼。我们忘乎所以地记录与追求的，只不过是一次纯粹的感动。

等我们老去，想起午夜的维族赶车人，唱着“羊羔一样黑黑的眼睛，我愿为你献出生命”走过窗口，想到那悲凉的调子曾经唱得我们心如火烧，泪流满面……那时，我们会摸着自己的心口说，这一生，总算不虚此行。

当然，还有爱情。Remember, darling.你在世界的任何一个地方，用各种语言反复祈祷，渴求一个深邃如井的拥抱。而我呢，偶尔写两句“平生总相误，只宜无情游”，终究还是不甘心，还是会盼望，有朝一日，有个人对我说，跟我来，四周纵然天地茫茫，人世悠悠，我亦别无他路，唯有跟随。

不愿为任何人舍弃骄傲，又巴不得能为某个人放下矜持。孤独的人何其相似。

我自倾杯，君且随意，你一直都是这样一个人。只有年轻时才能这样不计得失、稀里糊涂地去爱，凭借生命最初的直觉，而不是尘世历练的心术去爱——爱一朵云、一片海，一个人。最害怕的不是时间，或是世情，怕的是一句抱歉——“不值得”，怕的是这一秒过去，下一次不知要等到何时，怕的是从今往后，再不会爱得那么彻底、那么无私。

往事历历终虚化。一场闲愁罢了，早晚，再深的痛也会散作阶前雨、袖底风；早晚，海水会填平沙滩上所有的凹陷，风会吹熄最后一丝颤抖的火焰；早晚，我们都会从不懂柴米油盐的毛孩子，变成人情世故的老掌柜。

却还是不悔当初。三月桃花，两人一马，明日天涯。

所以我想，我是懂得你的。如你所言，哪怕理解是无数误解的巧合。你笑的时候，我隔着很远很远也能听见，哭的时候，我就安静地坐在你身边。

你就像世间另一个我：我们都曾像《哈姆·雷特》中的人物，无数次着了魔一般对自己说，“即便困在坚果壳中，我依然相信自己是无限空间的国王”；曾经靠刺激伤痛、分泌眼泪来滋润笔端的干涩，用幻觉和臆想填补生命质地的稀薄；倔犟地想用几个简单的音节，覆盖世间的土地与潮汐，把夜空中澎湃的焰火，想象成一场自我的葬礼，癫狂，战栗，窃喜，哀鸣……

下笔重如泰山，现实轻如鸿毛。你说得对，除了活着本身之外，没有什么能够弥补活着的贫瘠，才华也不例外。夸大其词，不加约束，是年轻人的通病，必经之途何足畏惧？又何需羞愧？

《尘曲》——《神曲》，我爱这袒露的野心。野心这东西，当你拥有它时，以为它不过是日后自嘲的把柄，但只有失去它时才知道衰老已经降临。没有野心的写作者，是不值一提的。

我喜欢你这刚烈好胜决绝的脾气。当了八年记者，我见识过真正的淋漓健笔和洞察头脑，汗颜之余，我问自己，如果去做记者，是为了一种平等的错觉，那么如果你不是一个记者，你会在哪里，在做什么?

我想你也是，一定也问自己相同的问题，想一想，然后掉头不顾，继续前行，除了尽力做到最好，再不留回转的余地。而大多数人则会瞻前顾后，既怕庸碌又怕辛苦，我便是其中之一。

好在借由你，我看清自己，无论如何不甘心就此停下来。有时读着过去的文字，我会想，那个二十岁的我，之于今日的我，即使没有满意可言，即使有所微词甚至鄙夷，仍是心怀期待的。

唯有试过，才能安心，哪怕注定失败，才能走向真正洒脱。无憾，继而无畏。

但我最爱你的，是你依旧在文字里执著追寻生存、死亡、永恒、牺牲、救赎、信仰等等这些如今看来沉重过时的字眼的价值。忧伤的泪痕遮掩不了你对文学的虔诚和谦卑，对世事的仁慈和宽宥。你把自己关进黑暗的房间时，还念念不忘那些年幼的孩子们，提醒自己要给他们留一扇看得见风景和光明的窗。

你让我想起王蒙说过的一段话："作家不是世界的审判官，也不是诅咒者，应该对世界充满兴趣，充满爱，有善意。作家对世界来说，首先是一个感受者，是表达者，是世界的情人。"

我知道今时今日距离鲁迅以文学"疗治国民"的时代已经很远，但我依然坚信，"净化魂灵""温润人心"当是一切好的艺术的使命。

有信念是多么好的一件事，信望爱三者，爱最大，望是桥梁，但信排第一。没有信念，这个世界不好的一面只会更加糟糕，好的一面则显得不堪一击。

至于你的缺点，我想你比任何人都更清楚，我不想在遣词造句、风格意象之类的细枝末节上纠缠。我欣赏你说过的一句话，就这样写下去吧，哪怕现在很糟糕，一直写下去，总有一天会越来越好。知人论事，看本质，看方向，你一直在进步，这就对了。

那么，就好好写下去吧。不负此生，不负己心。别忘了那些倒下的树，白纸黑字，是它们的命换来的。

与此同时，我也由衷希望能有更多人，在急于表达对你的热爱或者厌弃之前，去认真尝试读懂一个真实的你。盲目的追随，廉价的吹嘘，永远比不上质朴的共鸣。一个仅供仰望的偶像，是极度危险的。读者最可怕的吝啬，不在于金钱或者赞美，而是时间与心智。

我希望你的读者能做你的同路人，而不仅仅是所谓的“粉丝”。希望他们能心平气和地看待你的每一次尝试，因为将来，你将致力于书写的，决不止是一曲悲歌，一声叹息而已。

时间也会是写作者及其作品所要面对的最严峻的考验。《新约·希伯来书》说：“凡是创造出来的东西，都要把它们震动；不堪震动的都要挪开，不怕震动的才能保留。”前途漫漫，“天才关”易过，名利关、骨气关、修养关，关关难捱。

人间正道是沧桑。

易曰：始于“乾”，终于“未济”，生生不息。

凡心所向，素履所往。生如逆旅，一苇以航。

愿梦想是大地之灯，祝福是最长的河。

二〇一〇年八月

郭珊

一九八〇年出生
北京大学中文系毕业
早年在《中外少年》连续发表作品
现为媒体资深记者

自序

1

其实我是这样认为的：

世上原本有很多路。有些，走的人少了，渐渐就不成了路。

2

我而今仍很年轻。
但在我更加年轻的时候，我对于文字的野心很大，动辄想要掌纳整个人间，动辄想要展览我的诉求，动辄说，世界……世界……
而今我觉得那很丢脸。

文也好画也好，作品所能具备的最大使命，不是直接描绘世界，而是为描绘世界提供切口，或者想象。
所以我只想，写一些类似切口的东西。

另：若能找准切口，已经不容易。

3

于是，谢谢你容忍过我那些，野心很大却力不从心的时年。

4

命运待我，这等优渥。以至于岁月是否宽宏，已不足为念。

我希望你也一样。

即使不是，也请试着这样去感受。它就会是真的了。

5

这本书类似风景本身。

不作任何纪念，诉求，或判断。

它不过是……我踏上某一条渐渐已不成了路的路上，陪伴过我的云朵。

就让我们继续与生命的慷慨与繁华相爱；即使岁月以刻薄与荒芜相欺。

七堇年

二〇一〇年六月

游记

voyage

西天[1]

| 新疆 | 伊宁 | 二〇〇三年／胶片翻拍

1 原文为专栏系列，题为《幻世 一》。现已对文本做修改。

我离开伊宁
探出车窗回望
与尘埃错肩

雁群的翅影打翻了一盏夕阳
流质的云霞漫遍西天
那些无法被时间所驯服的怀念
用写意的方式
定义了父的容颜

总有那么一些时年。怀揣着急切渴望被他人认真检阅的悲伤和激情，对路途抱有过分单纯的幻想和过分执拗的回忆。

初次远行，十五岁。在新疆。

阳光惨烈如葬，苍穹之下大地坦荡如砥，似一具静静躺下的心跳平缓的胸膛。雨过天晴，荒野泥土深处蒸发出交织着万物垂死与生息的气味，地平线尽头升起彩虹和鹰。日落时离开边境的小村庄，我探出车窗回首，看到路旁两排高大白杨的轮廓，忧郁而安静地在暮色中沉没下去。

那个八月我路过新疆青如眉黛的俊秀山林，寸草不生的蛮荒戈壁，墨蓝冷寂的湖泊，星斗漫天的夜穹，还有维吾尔姑娘们宝石一般的明眸。

那么难忘。以至于后来我为我心爱的新疆写了《远镇》。这么些年，那依然是我最喜欢的一篇文章。动情之处，觉得那成了我最骄傲的伤疤。我用年少式的堆砌与周折，拙劣地挽留那片疆域中每一寸父的气息， 唯恐其随每次日落渐渐淡灭。

是的。那个时候我还有着少年的眼神。装作眉目冷漠，似整个世界只在一句取舍之间。而在这不动容的眉目之下，却掩藏着一腔找不到出口的盲目青春，亟待被审阅。彼时我仍相信生命的挣扎，因而故意寻找或放大痛苦来进行自我凌虐与自我同情。觉得如果换一种可能，我不愿做我。

但人生往往只是一个因为脱口而出所以不够通顺的陈述句。并且即使有所欠缺，仍没有第二种假设。

有那么多次，我总说，我想要回到新疆。

在那么多印象深深浅浅的地名之中，我最想回到的地方，是新疆。

似曾觉得，我该在那里出生、成长……围绕着一片葡萄园，玩耍，歌唱，舞蹈，劳作，恋一个人，嫁给他，最后作为一个母亲而终结……过一世不知炎凉的纯善人生。就如同我看到那些维吾尔小女孩黑亮如同谎言般美丽的瞳仁，所臆想到的人生那样。

你走了多久了？十年？十五年？我不记得了。我甚至不知道你是不是还在人间。

让我和你说说话罢……既然我已经想起了新疆。

我并不常想你。对不起。不用来对我说缺失，阴影，等等，我不觉得。至少在这一点上。我说过，一个人如果生来——或者说有记忆以来——就不曾拥有某样东西，那所谓的缺失就无从谈起。

你太淡了。原谅我，你只是在我的生命里太淡了。若不是在这样一个心绪脱缰的夜晚，如果不是念起了新疆，我还是不会想到你。一年之中偶尔有那么几个夜晚在梦中见到你。我知道那是你，尽管面容模糊，可是我记得那副挽起半截袖子的衬衣打扮，以及带青色胡茬的瘦削下巴——平凡得就像被你扔在墙角的那双旧皮鞋，永远风尘仆仆，永远沉默。

有一年夏天你回家了，我整个暑假都很不安，觉得家里多了一个陌生男人朝夕相对。我不知所措，于是只能用极其笨拙而倔犟的方式表达我的抗拒。听说你很伤心——后来。那是母亲婉转告诉我的。她在夜里单独叫我来说话，说，你要懂事，要学着跟他相处，嘴甜一点，好好地哄他开心，听到没有？

第二天你做了午饭。我无意中兴致勃勃地说你做的辣椒蘸料很好吃，其实很简单，不过是辣椒里面放了些许盐。你显得很高兴。母亲当即表扬我，用眼神夸张地向我暗示，鼓励我多说些让你开心的话。那瞬间我忽然很心酸——当然我太幼小，并不懂得那种感觉，就是心酸。

我只是一下子又不知道说什么了。

父亲。这些年，你过得可好？

你是否有了新家庭，甚至有了孩子——那都该是我的同父异母兄弟姐妹了——在中国西南或者西北的某个角落，退休，头发全白，发胖，腿脚疼痛，听力衰退？在家常常看电视，偶尔散步——这些都很好——或者是还孤身一人？

（那是我不愿意见到的。）

你远在我的童年。模糊，淡漠。因为经过了时间的篡改，记忆不再真实。我宁愿相信你不曾存在过。

我知道我无法陪伴甚至无法观望你的中年，晚年，所有平凡的坎坷和卑微的幸福……而今如果我们在大街上碰到，或许互相都不会认得，就这样擦肩而过，毫不自知。这并不夸张。

我知道我再不能像十几岁的时候那样，一梦猝醒，想起你，便写《远镇》那样的文章，寄托寻找你的愿望。

有些妥协就像遗忘，渐渐渐渐，不知道已经妥协，不知道已经遗忘。

你离开之后，家里的生活其实也并无大碍，日子一如从前，只不过在后来的日子里懂得祝福与想念一样，多么虚无，所以我不再致力于细嚼有关你的记忆，任其被时光抽丝剥茧，直至化为尘土。

犹记得那日在北疆边境，漫长行车，从中午，下午，黄昏，直至深夜。静谧庞大的黑暗随夜幕低垂渐渐变得窒息迫人，单调使疲倦像链条一样缚住知觉。在坦荡如砥的荒原上，锥子般尖利的车灯打亮了两条循着路基不断延伸的浅浅辙印，更远的地方尚且埋藏在黑暗中，似一个洞穴般神秘而充满诱惑，引人驶向遥远的未知地域。头顶没有月光，只点缀稀疏星辰。

那样的时刻，我才忽然想起和你共度的短暂时日。觉得恍若一场梦境，以为我们泅河而遇。醒来方知，我们不过静静站在命运的彼岸，相望却未相见。

要再回到新疆。回到新疆。

回到童年以西的故国，寻见父亲的容颜。在秋日的山林间，在远镇的灯光里，安然忍受毫无指望的等待。要在惨烈如葬的七月骄阳下走马，要在旷地上迎着大风歌唱和舞蹈，把生命的模样勾勒得兴高采烈。

却也要在边境小镇的落日里，当两排高大白杨的轮廓静静地沉没于垂死的暮色中时，伤心欲绝，伤心欲绝地回头看你。

但待静静低头继续走上离途，忽然明白其实悲伤深处空无一物。

稻 城

| 四川稻城 | 路过羽毛般的树 | 二〇〇五年

寒冷的十八岁的夏天

天空铅云积沉

笼罩着森严的

森严的

不相信眼泪的世间

十八岁，在千辛万苦熬过了高三之后，结束高考，我知道我没希望报清华了。原因竟然不是因为数学，而是文科综合。揭晓分数的那天，我听完电话里的报数，心里一沉，脑子里一片噪声，像顿时失去信号后布满嘈杂雪花的荧屏。在草稿纸上算了三遍加法，得到的仍然是那一个不想面对的总数。

我倒在床上蒙头痛哭了整整一天。母亲坐在客厅，也是默不作声地落泪。过了很久很久，她悄悄来到我的床边，抚摸着我的头，那么无奈，那么无奈地安慰我，又痛心地说，不要哭了，乖，不要哭了。

烈日不怜悯我的悲伤，耀我致盲。彼时年少过于脆弱，我只知道蒙头痛哭，在七月盛夏，眼泪与汗水一样丰沛而无耻。我仿佛听见生命缓缓关上大门的吱嘎声……我一度以为，我一度那样真真切切地以为，这是我人生中最无可挽回的失败。

高中好友都很出色，大部分聚集首都顶尖高校，在周遭一声声名牌大学录取报喜声中，在后来一次次满面春风的精英同学会中……在后来的后来……我愚蠢而耐心地反复咀嚼着这一次失败的味道，几近一蹶不振，为这一个理想的幻灭赔上了此后将近三年的青春，无所事事。

是在二十岁出头的关卡，才明白过来，不懂得从一次失败中站起来，永远跪在地上等待怜悯，并且期待永不可能的时间倒流，才是人生中最无可挽回的失败。

彼时母亲想要安慰我，像是史铁生《我与地坛》中那个欲言又止的可怜母亲那样，对我说，带你出去走走吧……老在家里这么不成样子……

是带着这样一种失魂落魄，真的是失魂落魄的心绪，去往稻城。自驾车两千多公里，从川西南，北上到甘肃南部的花湖，再南下，去往藏东的

｜四川稻城｜路上大雨｜二〇〇五年

| 四川稻城 | 黄昏路过民居 | 二〇〇五年

稻城亚丁，途经红原、八美、丹巴等与世隔绝的绮丽仙境。

巍巍青山上古老的碉楼隐匿于云端，触目惊心的山壁断层上苍石青峻。星月辉映的夜里，在峡谷深处沿路与奔腾澎湃的大河蜿蜒并驰，黑暗中只听见咆哮水声，翻滚的洪流在月色之下闪着寒光。仿佛一个急转弯稍不注意，便会翻入江谷尸骨无寻。

……

头顶着寂静的星辰，我在诗一般险峻的黑暗中，在不断行进着的未知危险中，渐渐渐渐，找到一丝不畏死的平静。

我曾经说过，其实人应当活得更麻木一点，如此方能感知到多一些的生之欢愉。明白归明白，但我在年轻时代，或许还将会绵延一生，因着性情深处与生俱来的暗调色彩，常不经意间就沉浸在如此的底色中。希望、坚持等富有支撑力的东西总是处于在临界流产的艰难孕育中，好像稍不注意，一切引诱我继续活下去的幻觉就消失殆尽。

七月，在两千多公里的行驶之后，在接近稻城的那个黄昏，潮湿的荒原开满了紫色花朵，落雨如尘，阴寒如秋。孤独的鹰在苍穹之上久久盘旋。我眺望窗外原野，身边就坐着母亲。

高三时，我在外读书，母亲常常专程来看我，一早赶路三百多公里，给我带来我喜欢吃的东西，热乎乎地捂在包里，外加很多她精挑细选的水果、营养品。我由此越发细察什么叫做可怜天下父母心。

有次她借着出差的机会，又带上很多东西来看我。白天忙完事情，傍晚时才来到学校。

母亲就这么静静坐在我的宿舍里干等我一个晚上。那天晚自习照例是考试，我急不可待地交卷，匆匆赶回宿舍和母亲相见。没说上两句话，很快就有生活老师催促熄灯。母亲说，那我走了……你好好的……要乖……

妈妈相信你会努力的。

我送母亲到校门口，那时下着雨，时间已经是快十一点。母亲想让我早点回去，就说司机已经来了，宿舍关门了不好，我想也是，生活老师不太好说话，我就先回了。

而后来的事情是，那晚下着雨，本来应该来接她的那个司机在市中心吃完饭局，早就已经醉得不省人事，睡得连电话都听不到。母亲瞒着我，要我赶紧回宿舍睡觉，她自己一人站在学校外面的空旷公路边等着打车回去。可是因为过于偏僻遥远，她打不到车……她一个孤身女子在黑暗的马路边直等到深夜凌晨，后来手机也没了电，无法求助。偶尔飞驰过的车，像划不燃的火柴一样，擦着她一闪而过，没有一辆停下。可是换言之，即便是有停下的一辆，该有多危险？天知道……

母亲冷得发抖。她最终足够幸运地拼到了一辆出租车，凌晨才狼狈落魄地赶回去，因为受寒，病了一个星期。

高三结束了很久，后来有次母亲轻描淡写地对我说起这件事情的时候，我们正吃着午饭。我强忍着眼泪，放下碗筷，走进厕所咬着自己的嘴唇，忽然痛彻心肺地哭，眼泪剧烈，却没有发出一丝声音，然后迅速地洗脸，按下抽水马桶的按钮佯装上完厕所，然后平静地回到饭桌边。

我心想，如果那个夜晚母亲发生什么不测，那余生我如何能够原谅自己？幸而她平安无事……我不知道除了考上一个体体面面的名牌大学，还有什么能够报答母亲的一片苦心。

这也是为何我高考失败后，这么久以来无法摆脱内疚感和挫败感。我觉得我对不起她。

她寄予我的，不过是这样一个简简单单的期待。期待我考上一个好大

｜四川稻城｜又一个路上的黄昏瞬景｜二〇〇五年

学。希望我争气。为着这样一个简单的期待，十八年如一日地偿付着无微不至的关爱。

在后来，经历几多追逐恋慕，浅尝过人与人之间的感情维系何等脆弱，我才惊觉母亲予以自己的那种爱意——深情至不可说——以无怨无悔的形式，默默伴我多年。

我不得不承认，唯有出自母爱的天性，才可以解释这样一种无私。

在稻城的城镇上过夜。雨声如泣，天已经黑了。在黑灰色的天地间，七月似深秋，因为极度寒冷，我们遍街寻找羽绒大衣。海拔升高，加上寒冷，母亲身体严重不适。我们只好放弃了翌日骑马去草甸再辗转亚丁的计划，原路返回。旅程在此结束。带着《游褒禅山记》式的遗憾，带着上路时的失魂落魄，离开了寒冷的稻城。

那是十八岁时候的事情。几年过去，因着对人世的猎奇，探知内心明暗，许诺此生要如此如此，将诸多虚幻的苦痛的读本奉作命运旨意……书里说，“生命中许多事情，沉重婉转至不可说”，我曾为这句话彻头彻尾地动容，拍案而起，惊怯至无路可退，相信以自我凌虐的姿势挣扎的人并不孤单。时常我面对照片上四岁时的天真笑容，不肯相信生命这般酷烈的锻造。……但事实上，它又的确是如此的。我在对现实感受的再造与逃避之中，所体验的，不过是一次又一次对苦痛的幻想。

在我所有的旅行当中，稻城是最荒凉的一段旅途。

但人生如路。须在荒凉中走出繁华的风景来。

｜四川｜去往稻城路上｜二〇〇五年

｜甘南花湖｜喇嘛庙｜二〇〇五年

云的南方

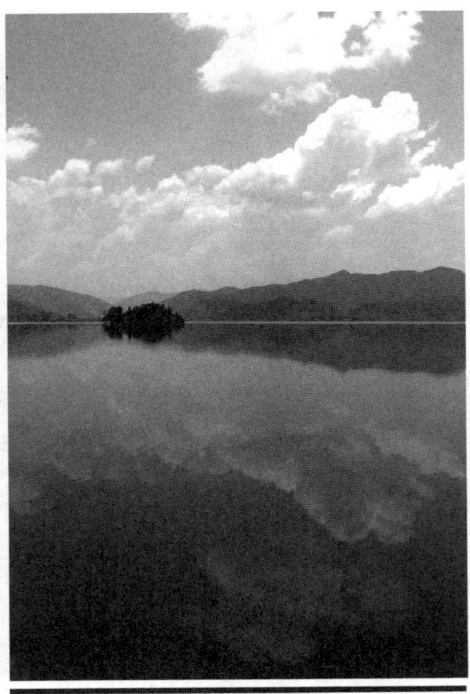

｜云南泸沽湖｜二〇〇六年

六月夏天，没有空调的旧式绿皮火车。因为闷热，不敢关上窗户。轮轨之间的轰轰声响源源不绝地传来。苍翠的田野，在夏日的暮色中蒸腾着一股溽热的泥土与庄稼的浓烈香气。焚烧稻秆的烟雾在田野上弥漫着一层淡淡的蓝。灰尘一般的鸟群洒满了天角。

天色很快就黑了。昏默的车厢灯光隐隐亮着，我们面对面坐在车窗前，似一起坐在广袤无边的夜里。我的这边有风，她的那边没有风。我看到她就那样静静地坐在对面，发丝与心情一样安然齐整，而我的头发已经飞散在快速灌进车窗的风中，我几乎睁不开眼睛。

在我们少年时代，她的镇静平定也便是如此一直在无声地扶正着我的动荡不安，虽然我明白她也并非对时间无动于衷。一切正如我们当下这一刻充满隐喻的面面相对。

经过西昌停留下来，看了邛海。吃到了彝族非常地道的烤土豆和手抓肉。极辣。次日清晨便从西昌车站搭乘唯一一趟早班车去往泸沽湖。行车漫长，在云山间沿着盘山公路行进，阳光因为浓浓云雾而忽明忽暗。

有一段插曲。那天行车中途遇到前天夜晚泥石流造成的严重塌方和拥堵，车辆无法通过，长长的车龙排成一溜停在路边，百无聊赖。最后实在没有办法，全车人都只能下去，步行通过被泥石流毁坏的路段，然后对面有另一辆车来续接。

那段路本身不长，只是太泥泞，我一边观察一边小心翼翼迈步，分辨哪里可以落脚，哪里不行……不料判断失误一脚踩进了深及膝盖的稀泥当中，顿时失去平衡，连累另一只脚也踩了进去。等朋友把我拉起来的时候，我的整个小腿和旅行鞋都变成了泥俑状，敷上了一层厚厚的稀泥，而且好沉，实在是哭笑不得。算来我还是做了一回开路先锋，后来的人看到我那副样子纷纷绕开了那片泥潭。

｜云南泸沽湖｜黄昏｜二〇〇六年

一双灌满了稀泥的旅行鞋变得沉重无比，我坚持走完，在终点停下来脱掉袜子鞋子，穿上凉鞋。我们坐在路边耐着性子等车，望着那双变成了泥制模型的鞋子，忍不住笑起来。

坐上了另一辆车，总算是在黄昏的时候到达泸沽湖。下车便闻到空气中都是雨过天晴的清透气息，寥寥几个旅客，一下车便大口呼吸，伸展着四肢。给预订的客栈打电话，老板思格还是个小伙子，开着一辆车过来接我们。

路上泥泞，车又熄了火，他满头大汗地忙着也发动不了，才红着脸低声说……这是第一回开车，刚从朋友那里把车拿来……

我与朋友顿时面面相觑。

终于安顿下来，住在他家颇为气派的双层四合院里，放下行李简单收拾好物品便去洗鞋。晚饭吃得狼吞虎咽，只觉得非常饿。强打精神去看篝火晚会。摩梭族人能歌善舞。

夜里关了灯，房间倏然之间更加阒静。天地间唯有鸡犬之声相闻，蛙虫欢鸣，窗外大片寂静的草海沉沉入梦。水波荡漾，撩动桨声浅浅低吟。抬头便是月明星稀，光色洒然。

这是来到泸沽湖的第一夜。

翌日清晨，早早醒来，跟着思格去了老人家。泸沽湖的母系氏族社会至今保留，老婆婆是一家上下的长辈。屋内有寒意，采光并不好，六月的艳阳天，老人久坐还需要烤火取暖。

我拍下一张照片：在房间里仰望黑色的瓦片屋顶，缝隙间射入丝丝缕缕的阳光，烟尘穿过那一束光线，缥缈的姿态清晰可见。

在老人家里闲坐到中午，回来吃了饭，下午租下一条船，在草海中荡

| 云南泸沽湖 | 草海 | 二〇〇六年

| 云南泸沽湖 | 草海 | 二〇〇六年

舟。泸沽湖是活水湖，状如一只一端缀有灵芝祥云的发簪：一边是大湖，另一边是狭长的泻湖，那里便是沼泽地带，湿地中长满了密集的高草，称为草海。草海间隐隐见得一些暗红色的窄窄木船漂荡在那里，那是泸沽湖的猪槽船。

那日坐着猪槽船来回穿行在草海中，高高的苇草几乎把我们的身影湮没。为我们划船的少年全身古铜色的皮肤，少言寡语，是我喜欢的性格。我们曝晒一下午，皮肤烤得发烫，开始脱皮。

那日下午回来已经四点。手臂用力划船之后只觉得酸痛。可我们刚站在路边歇息，朋友便忽然提议去草海尽头看看。

租马的人殷勤地给我们牵来了马匹，我们砍价不成，就没有骑马，一直徒步向草海尽头走去。听说草海尽头有座长长的栈桥，横跨整个湿地。

我们并不知道有多远，只是一味地向前走。似乎是应验着“旅行者选定了一条路，从来不问那条路有多远”这句话。渐渐地越来越疲累，终于走到了那座栈桥。

云朵之间的缝隙洒下清冷凛冽的天光来，有壮阔之感。我们走在长长的栈桥上，看着草海的绿色的尾声，有些疲倦。

真正看到泸沽湖的蓝，还是在来到这里之后的第三日。泸沽湖极其宽广，我们在清晨租船，划离了草海，到了湖岸的第二个渡口。在那里下船来，徒步沿着湖岸的山路前行，去往里格岛。那里是泸沽湖游人的聚居地。

那日从早晨十点，背着登山包负重行走，爬坡翻山一路六个小时，下午四点的时候终于到达里格岛。我们走过了泸沽湖一半的岸线，大约是三十公里山路。

| 云南泸沽湖 | 二〇〇六年

| 云南泸沽湖 | 二〇〇六年

三十公里山路有多长，我总算有了一个清晰明确的概念。烈日下负重行走，如果一路走得快而脚步有弹性，反而不是太累。而今印象中，精疲力竭，口渴燥热，全身酸痛的感觉早已淡忘，却深深记得走在湖岸的高高山路上，俯瞰一湖蓝色如泪的碧水，冰激凌一样的云朵倒影在水面时的心旷神怡之感。

在里格岛的那个黄昏，我们疲累至极，只在客栈的咖啡厅阅读，我找到一本罕见而陈旧的摩梭族泸沽湖诗人的作品集。那个复杂的异族名字我已忘记，却被他的美丽诗句吸引，又因为不能买走，便坐下来一句句誊抄。

他在诗句中写：

高高扬起的牧鞭

抽缺了挟在山垭口的忧郁的夕阳

落在无名的清澈湖畔的古老传说在低语着织满了阴影的往事

母亲出嫁的红鞋啊

泸沽湖的猪槽船

因为恋恋不舍，朋友曾又在冬季返回泸沽湖，照片中她站在枯黄的草海中迎着阳光微笑，或在山腰的凉亭上闲坐读书。夜里见到流星坠落，谓之“星光下的睡眠”。

但我记得的泸沽湖，是一条织满了阳光的夏日蓝裙。裙袂的花纹上有着月光，虫鸣，桨声，草海，和用十九岁的脚步走过的路。

| 云南泸沽湖 | 二〇〇六年

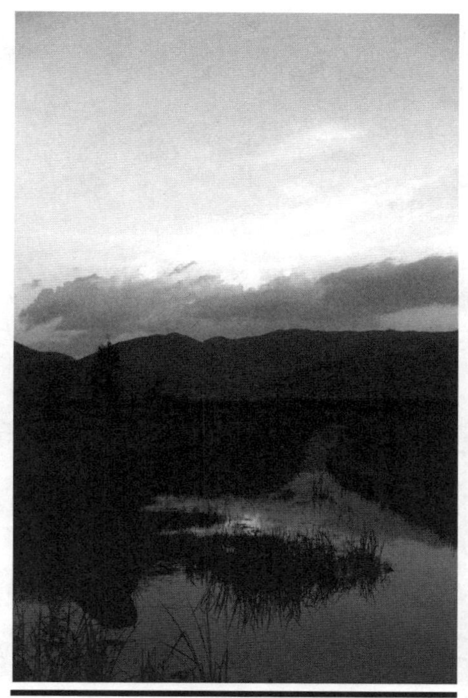

| 云南泸沽湖 | 二〇〇六年

你的名字叫红

| 土耳其 | 伊斯坦布尔 | 二〇〇七年

Hatırla, Sevgili[1]

seni çok özledim

1 Remember, darling. I miss you so much.

1

关于安纳托尼亚高原金红色的落日，我只在书中读过，也或许在一些色彩忧郁的无名油画中见过。那是文明在历史中受难的伤口的颜色，又有时间赋予的触目惊心的结痂。那种红色，名字叫做土耳其。

到达伊斯坦布尔那夜，下着大雨。飞机引擎静下来之后，听到雨点撞击在舷窗上发出昏闷而细密的声音。机舱里的灯都亮了，陌生乘客全站了起来，取各自的行李。

那夜有些张皇，头一次离开祖国，在深夜到达异乡的陌生地，拖着行李到车站要转车，又临时发现长途汽车票全部售罄，幸好来接我的青年收留我在家里过夜。他家里还有一个德国女孩，来这里准备读医科，现在正在拼命学土耳其语。我和他们聊了一会儿天，很快困乏至极。夜里我睡在客厅沙发上，沉沉的一觉，醒来的时候，睁眼看见来到伊斯坦布尔后的第一个清晨。窗子外面焜黄的梧桐树叶在明亮的光线中招摇。风声入耳。清真寺的宣礼塔上回荡着穆斯林高亢的早祷之歌，一群鸽子随之飞散在空中。在翅膀的阴影下，我重新闭上眼睛，隐约体验到一丝所谓流浪的寂然。

冬天来了。

曾很喜欢的一个作者这样写，“而伦敦总是灰色的，连鸽子的眼睛都不例外。这样我便开始穿灰，那年我四十岁，在圣詹士街开了一爿旧物店，因为心中的恋慕与忘却，所以店子叫‘波希米亚’。”

很早以前我一度以为波希米亚旧地属于土耳其，后来才知道错得荒唐。甚至后来去了捷克，也就是真正历史上的波希米亚之后，我仍觉得它应该属于土耳其的况味。这是一个历史久远得连名字都似乎附着着一层灰尘的国度，抚开那一层灰尘，是一片长久眺望海洋的大地。过去听说过有

｜土耳其伊斯坦布尔｜我窗外的圣索菲亚教堂之晨｜二〇〇七年

一种蓝色叫做土耳其蓝，印象极深，令人联想起裹着黑色头巾和长衫，神情平静略带忧郁的穆斯林少妇。

早晨在街上逡巡的时候，我停在橡木色的橱窗前窥看里面闪亮精致的瓷器和气色非凡的各种地毯，美丽羞涩的土耳其年轻女店员一直无声注视着我，神情迟疑而温暖。叮当作响的有轨老电车经过身边时我后退避让，无意中伸手触摸了一块拜占庭时代的青砖，大理石浮雕凹凸有致，触手冰凉。

看到在塔克辛广场上拍照合影的恋人，相互偎依，因畏惧耀眼的阳光而微微皱起了眉头，神情更加忧伤，或许即将分别。

小伙子给了喂鸽子的老人两个里拉。太冷了，到黄昏时分，我想回家休息，但是青年并没有给我他家里的钥匙，于是我只能等他回来。坐在咖啡馆硬得让人腰疼的木长椅上喝完一杯土耳其红茶，仍剩下漫长的时间。那只长得像郁金香般的小玻璃杯散发着余温，我双手握着杯子，顿觉潦倒，只能无所事事地观望夜幕低垂，夜空渐渐下起了雨，疾风从窗缝挤进来，其声如泣。

像是走进了一部布景地道的欧洲电影，只是身边还没有撑着黑色雨伞、竖起毛呢风衣领子沉默不语的行人背影。我总觉得十月的秋天，就该是属于伊斯坦布尔的。一条街道便是一场帝国旧梦。一片落叶便有一则王朝陈事。

翌日，我在黄昏时分离开伊斯坦布尔，赴南部城市Denizli。坐着大巴士经过横跨博斯普鲁斯海峡的巨大斜拉桥，三分钟时间从欧洲到了亚洲。故都在这个秋日黄昏显得忧郁而苍老。铅云沉沉的阴霾天色下，宽阔冰冷的海面被烈风吹起不断翻滚的波涛，紊乱而破碎地不断幻灭与再生，其状之隐伤，令我无端想起一些脸孔来。眉目淡秀，神情之中有一种一目了然的无情与不信，仿佛就是一些叫人心疼的少年们的样子。

｜土耳其伊斯坦布尔｜路过街边的画廊｜二〇〇七年

｜土耳其伊斯坦布尔｜某家餐厅｜二〇〇七年

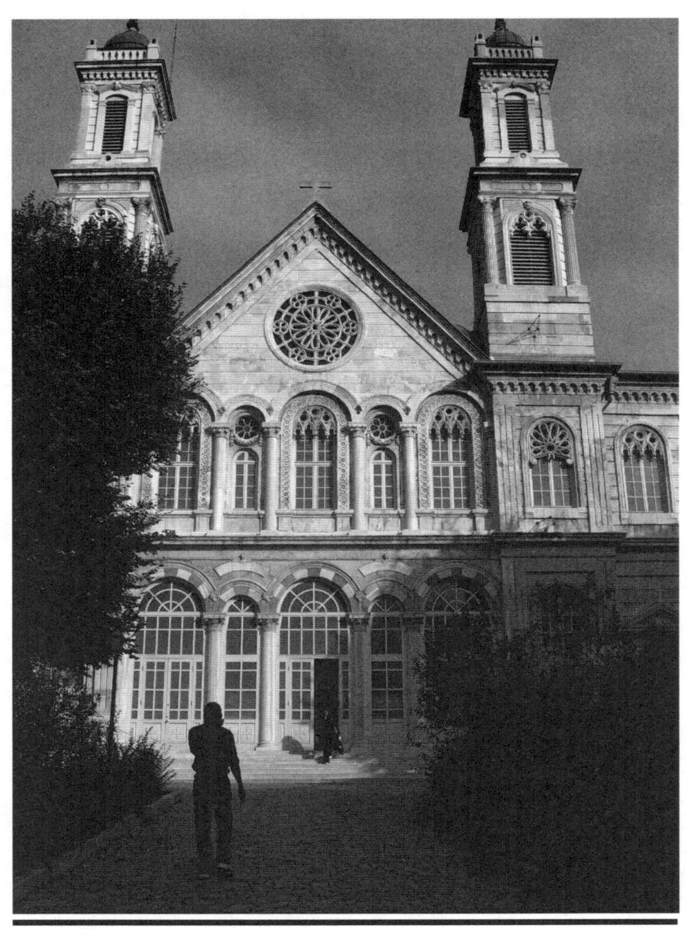

｜土耳其伊斯坦布尔｜教堂｜二〇〇七年

2

在小城Denizli，我度过两个月时间。至今回忆起来，那仍旧是一段我最为怀念的时光之一。

后来我去香港读书，第一次看到校区附近的狮子山，惊觉和Denizli极像。晴朗的天气，每每走在那段路上一抬头，眺望山顶与云雾，即使身处千里之外的港都城市，我仍然一次次地想念那座土耳其小城。

那两个月期间，我曾经短暂地被安排住在Ibrahim家。他出身算不错，会六国语言，包括俄语和阿拉伯语，现在是个生意人，在本地有一间服装厂，以前还曾经到过中国广州两次。他家里有妻子，一个十六岁儿子和一个五岁的女儿。宅子在市郊，隐于郁郁葱葱的森林中，我的房间在二楼，每日清晨睁开眼睛，即刻便看见窗外高大俊朗的山廓以及明亮的天云，雾色被光线染透，变得淡薄。

Ibrahim喜欢运动，常叫上我一起去山林中晨跑。我们穿着薄衣便出门，松林中鸟啾禽啁，常有小松鼠躲在路边，脚下红土柔软，空气清新如洗，面带微笑地和每一个迎面而来的晨跑者用土耳其语说早上好。

在半山腰时停住，望见线条柔和的重重远山在晨曦中呈现出洁净的蓝色，由近到远一层层地淡下去。在良久的沉默之间，只听见鸟叫与呼吸声。

云山在近，晨光清明无瑕。风入松林，涛声悦耳。四下是深深的雾，犹如一段缭绕不去的往事。忽然感觉路那样的长，好像是过了一生。

在回去的路上，有老太太走上自家阳台，向我们道早安。老太太问Ibrahim，是否能帮她摘下这棵树上的橄榄。他微笑起来，像翻墙逃学的少年一般爬上树，帮老太太摘了一包青绿的新鲜橄榄。

回到家里，他的妻子为一家人做好了早餐。他换了浅棕色的衬衣，从

｜土耳其｜去往Denizli途中｜二〇〇七年

| 土耳其伊斯坦布尔 | 圣索菲亚黄昏 | 二〇〇七年

楼上下来，拿着一本诗集，坐在我的斜对面，一句句用希腊语对我朗读。

3

有天晚上和几个来自巴西、摩洛哥以及土耳其本地的年轻朋友聚会，之后又去了在帕慕克举办的Blues音乐节。整个人潮涌动的乐场充满着浓郁的巧克力雪茄味道。香烟，啤酒，像是燃烧一般妖娆扭动的肢体……音乐会还未结束，我们一行人离场开车回家。半途中Ibrahim表示想要给我一个惊喜。我来不及诧异，他就领路把车开上狭窄山路，周围黑暗一片，转弯很急，车速亦极快。危险总是叫人兴奋。十分钟后我们把车停在山顶。

下车来，在十一月的秋夜，仰头望见漫天壮丽的星光如碎钻般散布苍穹。在黑暗的山坡上步行一段，前方一座壮观的古罗马圆形露天剧场顿时呈现在眼前，彼时我几乎惊讶得失却呼吸。Ibrahim说，这是六千年前的Hierapolis遗迹，繁荣之时是罗马帝国的中心。这个双层的古老剧场可以容纳一万二千名观众，数千年来，经历许多地震，仍完好地保存下来。

这夜我肩头落满星光，站在早已失息的帝国残梦深处，听到罗马骑士的铁蹄声以及古希腊悲剧的咏叹。这夜我印象极深，在Ibrahim的年纪，仍有这样的洒脱与浪漫情调的父亲真是不多。我很喜欢和这类比我年长的人相处。后来我们越来越熟络：有次和另外几个朋友一起，还在夜里十一点开车去咖啡厅玩了三局美式桌球，很久没打，我手感差劲。最后的一杆我们赌了巧克力，结果我输掉。打完球出来，大家又开车带我去酒吧。

要了大马克杯的当地啤酒，还有骆驼香烟。Ibrahim笑容疲倦，眉宇之间隐藏有一片不曾洞开的深暗天地。他想点烟，打火机在我手边。我递给他时，他不由分说地捉住我的手，握在手心。又轻轻拨动我的项链，将搭扣一点点挪到颈后。

我不喜欢如此。打断他，直接问，你与你的妻子怎样相遇怎样结婚的？

｜土耳其Denizli｜晨跑的山路｜二〇〇七年

｜土耳其Denizli｜散步的公园｜二〇〇七年

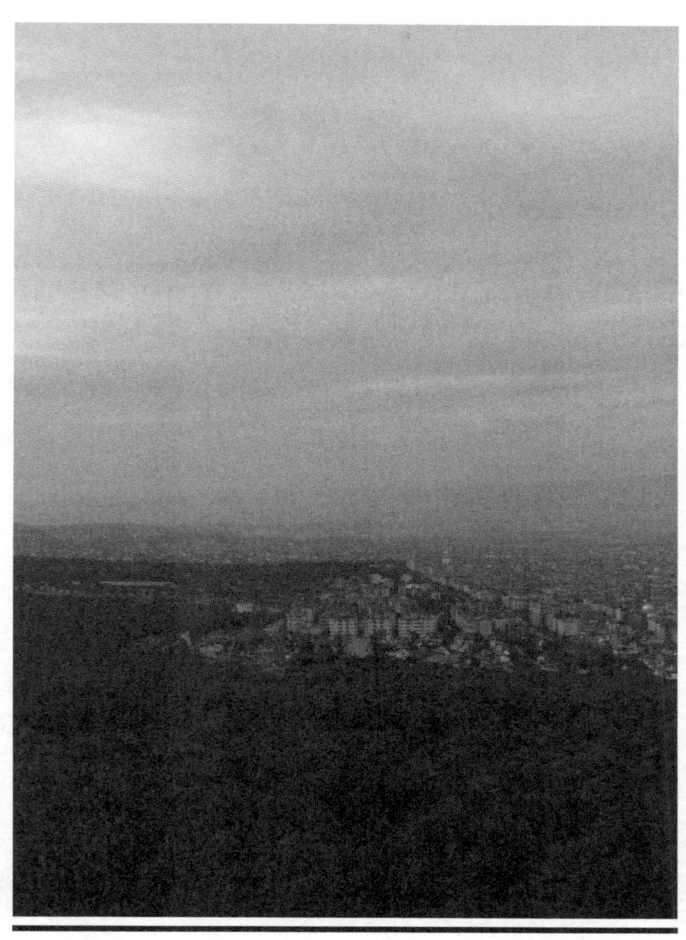

｜土耳其Denizli｜暮色中鸟瞰小城｜二〇〇七年

他只是笑，然后说，我与她已经离婚了。离婚七年了。但是为了孩子，我还是和他们一起住在家里。

我掩饰了自己的惊讶，只能说，你真是一个好父亲。

4

因对自己的婚姻抱有遗憾和羞耻，Ibrahim的妻子对我说起她自己时常不快乐的时候，竟笑得羞赧而灿烂。

十五年。十五年的家庭主妇生活。从一个心如清湖的纯善少女，直接过渡到与一个男人日夜厮守的主妇。为他生儿育女，打理一个家庭，跟随他事业的变动而背井离乡……离婚七年来，依然照顾他们的饮食起居。而男人以及他的家人对待这样一个贤良妻子的态度，竟与对待一个仆人无异——又或许是因为她本身充满朴素主妇的特质，连我第一天到他们家，她开门来迎接我的时候……真抱歉……我也以为她是Ibrahim家的女仆。

有天晚饭过后，Ibrahim和他的孩子们全都懒懒地坐在沙发上看电视，等着她端来甜点。她说她想去送蛋糕给娘家的父母，说完却没有人搭她的话，更没有人愿意陪她在夜里出门。她尴尬地站在客厅中间，无人理睬，显得非常可怜，又很生气。我想为她做点什么，但是我不知怎么用土耳其语讲这么复杂的话。于是我站了起来，努力用了几个动词，表示我可以陪她一起走。她也终于叹了口气，拿了丈夫的车钥匙，和我一起出门开车送蛋糕给娘家。

车开到了郊区，她停下车，忽然哭了起来。

我没有说话，静静坐在副驾驶的位置上，听着她的哭声：为着十五年漫长而沉闷的不幸婚姻，或者仅仅是这一个叫人易感的晚上。

｜土耳其Denizli｜曾经寄宿的二楼房间｜二〇〇七年

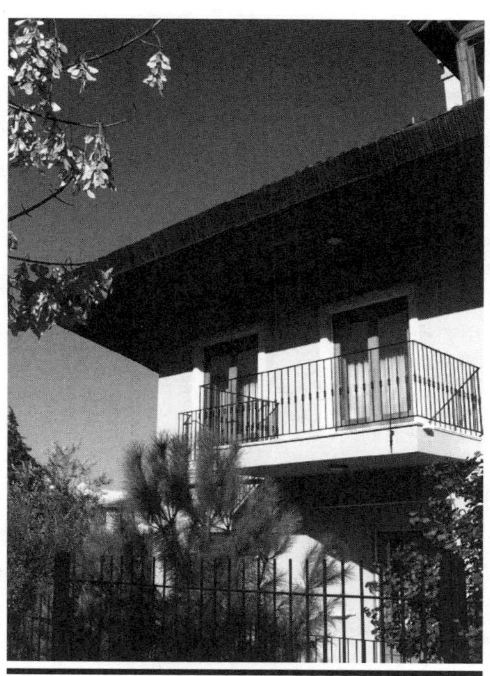

｜土耳其Denizli｜Ibrahim家｜二〇〇七年

她带着哭腔用土耳其语自言自语地说了很多话。可惜我听不懂。也或许，幸亏我听不懂。

十五年，今后还会更长，更长。她知道她一生都会被占据，亦知道自己别无选择。她擦干眼泪，委屈而羞赧地笑着，说，对不起，对不起。

我说，没关系。

笑容让她的脸看上去更加充满了放弃。

岁月让她相信了挣扎的徒然。

5

Ibrahim再次带我去Hierapolis遗迹时，是在早晨。我方才知道除了那夜星光下看到的圆形剧场，这里还有一整座完整的古罗马城市废墟，包括几千年前的温泉池，现在仍在营业。他又说，Surprise again! Let’ s enjoy the thermal spring.

可是后来事情的发展我很失望。在温泉池水中的时候他忽然拉住我，用力拥抱，吻了我的肩。我惊诧于这样一种直接的方式，太突然了。不知为何，那一刻脑子里想起的是父亲。

回来的时候，尽管别扭，我仍不得不坐在他的车里。其实是个好天气，路过阳光下番红花盛开的林荫道，影子斑驳地打在挡风玻璃上。车里放着一段无名的钢琴曲，他叫我的名字，当然，是大家取给我的土耳其名字。他一直碎念，我忽然有些烦，委婉地阻止他，怎么了，你一直这么念，有趣吗，你喜欢这个名字？

他开始笑，说：“No...How can I be obsessed with a name. I am obsessed with you. I like you.”说完他伸手抚摸我的脸与脖颈，被我挡住。我转过脸去，望向窗外：林荫道的尽头正是一片阳光照耀之下的荒城，远处清真寺

｜土耳其Denizli｜小城的街道和居民楼｜二〇〇七年

的宣礼塔耸立在一片苍黄的白杨树梢中。他的手影映在车窗上，衬着天空的底色，疑似飞翔的鸽翼。

这是一场优雅的调情。只因年龄已经教会了彼此心动的界限与付出的禁忌。

其实没有必要变成如此。我觉得有些失望，第二天搬离了他的家。

6

极其年幼的时候，失去父亲。与母亲相依为命，过早目睹一些成人游戏与世事消极，甚至不得不参与。过去自以为内心足够强大，可以抚平诸多伤隙，薄情而冷寡地活下去……但表象之下，这种缺失却在多年后逐渐显现——以一些令我自己都意想不到的方式。

搬离Ibrahim家，我被热情地邀请去了另外一个朋友家里。也是一个四口之家，丈夫与妻子，儿子和小女儿。某个周末，他们带着我，特意开车两百多公里到Izmir市的IKEA去购物。

那日我随这个四口之家在IKEA里面逛来逛去，看到他们商量着，要为小女儿添置一张这样的床，要为工作间买一盏这样的台灯，要给儿子买套这样的柜子……中午在IKEA FOOD吃了快餐，下午又逛了一阵，然后还去了附近的商业街购物。终于到了傍晚，我们准备回家了。上车前，丈夫给一家人买了星巴克的大杯咖啡，妻子站在他身边一边喝咖啡一边用夸张的嗓音大声唱歌，亲吻他的脸，像初恋的少男少女。

我无形中觉得自己非常多余。一天下来真累，长舒一口气：终于可以坐上车回家。那位高大的父亲开着车，收音机里放着风格欢快的民歌，他兴奋地跟着节奏蹦跶，用手指拍打着方向盘。身边的妻子坐在副驾的位置上，不停地回过头来亲吻小女儿的脸蛋，大声说，Sevgilim! Seni çok seviyorum.(我亲爱的，我真是太爱你了)。小女儿坐在我与她哥哥中间，不安分地动来动去，一直试图从后座钻到前面去亲吻妈妈的头发和爸爸的胡茬，用甜稚的声音给爸爸妈妈唱刚刚学会的儿歌。

很快小女儿就困了，她哥哥便把她抱过来放平在后座上，脱掉了她的小鞋子，将她的头托在膝上让她入睡；她的小脚任性地蹬着我，大概是我挡着她伸展腿脚了。

我爱怜而艳羡地看着那个如水晶天使般可爱而傲慢的小女儿：她躺在哥哥的怀里，前座便是他们相互恩爱的父母，妈妈一直将手放在爸爸的膝盖上……

彼时情景的温暖，足以令人世的薄寒在劫难逃。

那个时刻，我彻底感到了自己的孤独和多余，二十年来都没有过的失落感，忽然被一整天来持续目睹的过于浓郁的幸福所狠狠击中——尽管我明白他们根本是无意的——但这一切，毕竟在我的伤处表示了恩赐。

我转过脸去，面对车窗外异国他乡的夜晚，在他们一家人温馨欢愉的背面，感到阵阵心酸如蚀，终于失去控制，顷刻之间泪如雨下。满脸都湿了。一直咬牙不敢吭声，侧着脸，面向窗外，确保这场痛哭无人知晓。

就这样我忽然记起了他的脸。

亦记起了多年前他唯一一次抚摸我的脸庞时，我竟因为与他向来生疏，而羞怯地垂下眼睛，不敢抬头。于是在我的视野中，只有他洁白的衬衣袖口，以及陌生的指尖。

那是“父亲”这个词汇在我头脑中所残留的全部断章。

而又不仅仅是如此。

我一直觉得，不用来与我说这些。不用来与我说所谓的什么阴影，缺失，等等，我不觉得。真的不觉得。

如果一个人有记忆以来就不曾拥有某样东西，那么失却也就无从谈起。

但是，直到此刻，我才清醒过来，那些代价，离伤，言不由衷，充满

| 土耳其安塔利亚 | 地中海落日 | 二〇〇七年

了沉重与误解的昔日岁月，那些遥远得已经拼凑不全的父的气息……一直都潜行在我生命中。我以为生命如果残缺便会有丰盛的补偿，我一直这么以为着并期待着，期待着并且以为着。

十八岁的时候挚友在信中对我说起，“以前，我知道除了你告诉我的那一部分，必定还有许多更艰难的事情。你总说怕我觉得你在抱怨，不晓得我也一直知道，对于你所有过的一切，你能做到今日，已属十分不易了。”

直到此刻我终于懂得，为何当初那时刻，我还是会因为这样稀有珍贵的懂得，以及那些黯淡时日的重新提及，而感到辛咸的眼泪落了下来。

这么多年，我一直觉得这只不过是一笔公平的等偿，如我向来以为的那样，连同情都是耻辱。若心底已经是冷的，便不会畏惧皮肉之寒。麻木即是一种无畏。

我以为这样的就够了，却偏偏忘记，若心底已经是冷的，便会畏惧暖热。像一个严重冻伤的人，不能突然接近温暖，否则伤处便会迅速溃烂发黑。

彼时我手里紧紧攥着手机，有强大冲动在那一刻打电话告诉母亲，我想念她，此生无论人情冷暖，我们都相依为命。

我亦爱我的父亲，过去是我不懂事，让我再见见他，只见一面就好……若还不算迟的话……

但是我担心我会泣不成声，我担心眼泪这种耻辱的东西会惊醒那些彼此都不愿意再重提的陈事——我担心她会因此担心我。

所以我还是沉默地忍下来，只背过脸去不停地擦泪。

那夜回到他们家里，我在灯下展开一张白纸，试图写一封信，记下今日的事情，寄给能看懂的人。

下笔几行，便不知所言，亦不知自己可以写与谁人……我执笔不动，独坐良久，心中越渐荒凉。罢了，心潮已静，事已过。索性揉掉了信纸，熄了灯。在暗默中，其夜如殇。

7

十一月的时候去了南部的安塔利亚，地中海滨的度假胜地。十一月是初雪的季节，而这里却如同盛夏，抱着冲浪板的赤身少年跑过街道，棕麦肤色的高挑女子穿着泳衣躺在海滩上。海岸悬崖上蓬勃盛开着瀑布般的紫红色玫瑰，大片的草坪在剧烈的阳光之下绿得透明。从丛树冠的缝隙之间，地中海银蓝色的海面正若隐若现。

这里美如逝者的诗句。我正面朝大海，春暖花开。前方的蓝色，动人得仿佛即将破碎。在遥远的深处，流动着柔软的光芒和潮水，美得连疾风涌过来时都忍不住放缓了节奏，因此最终迟疑而轻柔地扑在脸上。我一整个下午久坐海边，无所言语，直至暗红的夕阳从背后投射出昏沉的光线。

一起同去的一个姐姐，我为她拍照片。她静静坐在高高的海崖边缘，面朝遥阔无边的地中海，脸上有渐次退却的笑容。一切都很美。我为掩饰自己的动容而举起相机挡住自己的脸，为她按下了快门。逆光。她的脸孔完整地沉浸在暗中。一幅剪影。

那个停顿的瞬间，我就这样看着镜头中一片蓝色的大海，想，她将有美丽人生。

找到一家小邮局，将本子上的信撕下来装进信封寄给了旧友。邮票上有安塔利亚的字样。走出来的时候我慢慢想着，这么些年，你不曾与我写

｜土耳其Bodrum｜爱琴海岸｜二〇〇七年

｜土耳其Bodrum｜爱琴海岸｜二〇〇七年

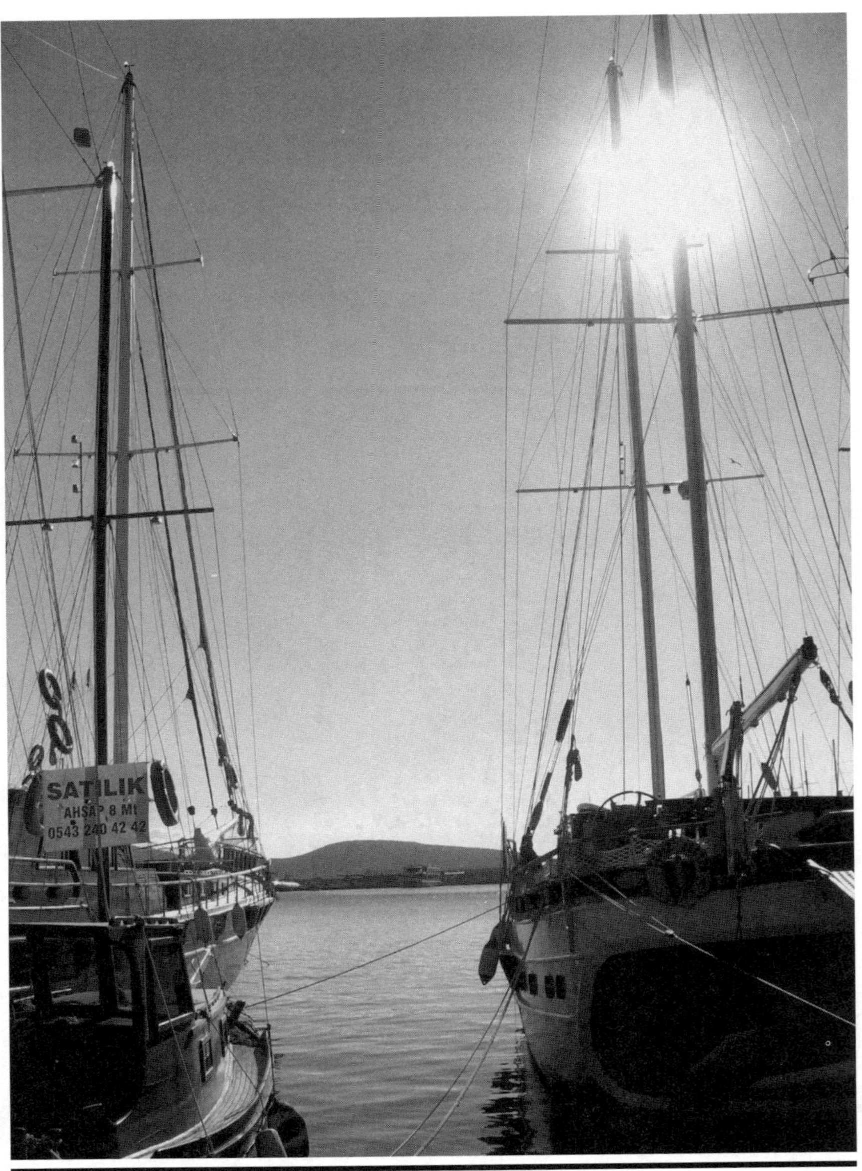

| 土耳其Bodrum | 爱琴海岸 | 二〇〇七年

｜土耳其Bodrum｜爱琴海岸｜二〇〇七年

｜土耳其Bodrum｜远眺海岸与城堡｜二〇〇七年

信。你甚至不记得我。但当有人在信中这样对我说起，“就像我见日光渐稀，才惦记起时间的方向……只是可惜了有些话，在那些无光的时间，终究如尘埃般，一无所有地消散”，我还是想起你来。

8

爱琴海东岸的金色平原散布着希腊的荣光，沿途是古希腊废墟，古老的城邦，年代久远的大理石浮雕失落而沉默，众多欧洲奴隶时代晚期的伟绩。从Denizli到爱琴海岸古希腊遗址Efesus的沿途，十二月依然温煦如春，起伏的森山被壮丽的秋色层层浸染。炽烈的阳光下是大片的原野，有棉花田、苹果林、橄榄林，山丘上有松树、橡树，墨绿的植被间破开一簇簇金黄色的高大白杨，似宣礼塔般高高耸立……静静的田野深处，是硕实累累的果树林，散布着童话般的农舍，老旧的铁轨，带着头巾扛起箩筐收获苹果的农妇……

我顿时回忆起海德格尔在《艺术作品的本源与物性》中对凡高的油画《农鞋》作出的解读：

“从鞋具磨损的内部那黑洞洞的敞口中，凝聚着劳动步履的艰辛。这硬邦邦、沉甸甸的破旧农鞋里，聚积着那寒风陡峭中迈动在一望无际的永远单调的田垅上的步履的坚韧和滞缓。鞋皮上沾着湿润而肥沃的泥土。暮色降临，这双鞋底在田野小径上踽踽而行。在这鞋具里，回响着大地无声的召唤，显示着大地对成熟的谷物的宁静的馈赠，表征着大地在冬闲的荒芜田野里朦胧的冬冥。这器具浸透着对面包的稳定性的无怨无艾的焦虑，以及那战胜了贫困的无言的喜悦，隐含着分娩阵痛时的哆嗦，死亡逼近时的战栗。”

在诗一般的暮色里，我眺望原野，想——如果有来生，要做那棵平原上的果树：

｜土耳其Efesus｜古希腊遗迹｜二〇〇七年

｜土耳其Efesus｜古希腊遗迹｜二〇〇七年

｜土耳其Efesus｜古希腊遗迹｜二〇〇七年

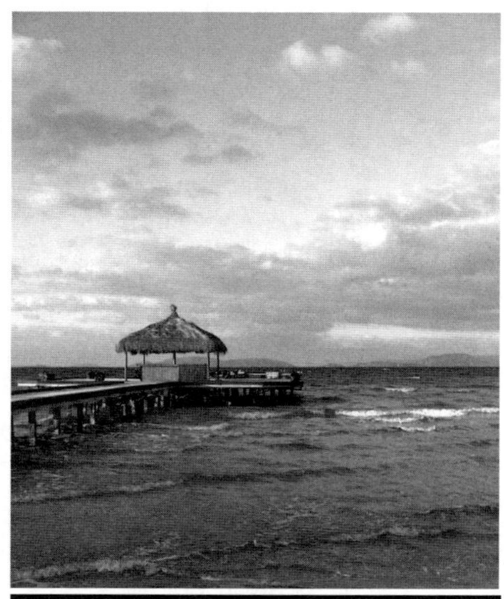

｜土耳其Izmir附近｜海岸｜二〇〇七年

守望着一片深深的棉花田，身边有一间朴旧的农舍。清晨有浓雾与露水，夜晚有星辰与月光。我将等待并爱恋着如歌四季：春花，夏草，秋风，冬雪。

9

关于这趟旅途，我总觉得像好奇的孩子那样，第一次掀开了世界的一角，窥见了它的近与远，惊异于它的广大无边。那些穆斯林婚礼。夜晚。幼童的笑声。海。晴朗。无眠。高原上的歌声。女孩和舞蹈。面包。甜食。一夜行车。餐桌上的生薄荷。云朵。雨。涩哑难言的思念。

离开Denizli 前，朋友说一定要履行承诺，带我去越野登山。没有路，在荆棘与峭壁之间攀爬，路途异常艰辛，后来打雷下雨，脚下滑得不行，更是觉得随时都可能摔下陡崖去，粉身碎骨。终于到达山顶，眼下是一片雨雾中的淡淡小城，被层层山峦环绕，像是一句多年之前的情话，静静搁浅在无人知晓的岁月深处。大片铅云贴着红屋顶缓缓游移，沉重得摇摇欲坠。远处的山峦呈现出深浅不同的蓝色，一层层渐次淡入天际。这是我第一次离开故土，在异国短暂生活的小城。

我俯瞰着，一边眷恋此地，一边感到乡愁逼上心头。

谨以此纪念那一年的冬天。我在土耳其。

玻璃之城

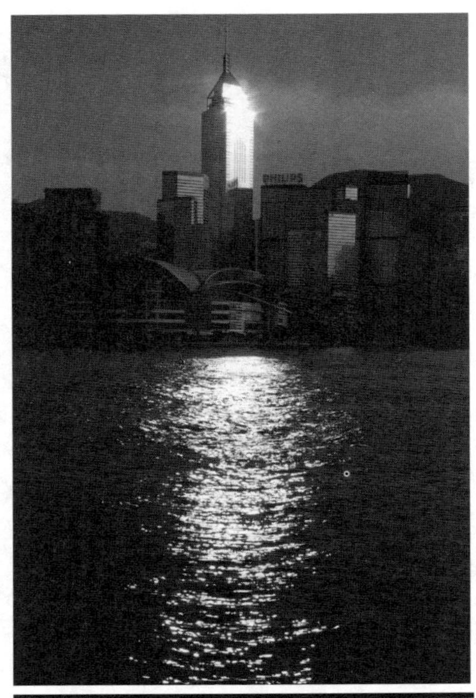

｜香港｜维多利亚港｜二〇一〇年／Photo by Celine

初到香港那夜我以为我坠入了繁星之城，满目灯光细碎闪耀，宛如钻石项链镶嵌于成片楼宇，于浓浊夜色中勾勒出一栋栋魑魅的轮廓来。光之瀑飞坠，溅得满城云蒸霞蔚。

但这万家灯火如此浩瀚，家家户户纵有几多悲欢离合，皆仅是这偌大城市里一枚星钻般的光点，连故事的窗口都找不到，想来叫人觉得渺小至无可奈何。

如此荒凉与冷酷的华丽，我还是第一次见到。

从海关一路过来，经跨海大桥与各色高架，放眼这森森严严的港都丽色，竟顿生漂泊异乡的胆战怯弱之感。我以为而今世代只有故事，不再有传奇，看来我错了。

不是香港有传奇。而是香港即传奇。

一个朋友来香港看我，在地铁里，他对我聊起当年高中毕业时，他们一帮男生兄弟到这里游玩，特意挨个寻找古惑仔的行迹，专程搭地铁，还录下"下一站，天后"的报站广播，为纪念陈小春的那部港片和同名主题曲《下一站天后》。我不由得笑出声来，原来人人都有循迹的情结。而去日的香港，于我是《玻璃之城》的画面。港大的英式旧楼，当年的启德机场，一首《 Try to Remember 》，港生与韵文，永远在雨中辗转的漫长恋情。

后来又有太多的东西……黄伟文的词，陈奕迅的歌，黄碧云的文，廖伟棠的诗……但太少了，这些都太少了，如果比喻香港文化为鸟（取其麻雀虽小五脏俱全之意），我所恋慕的这些仅仅是翅尖最漂亮的一枚翎羽而已。整只鸟，它的身体，习性，生命，迁徙……我都一无所知——并且也不打算有知——进而避免沦为判断。

在每一栋傲视港岛闹市的摩天大厦里，在每一座卑微逼仄的深水埗公

｜香港｜皇后像广场｜二〇〇九年

屋里，人事酸甜每每都是世俗传奇。但在成就为传奇之前，香港在一种极其注重实干与现实的社会普世价值观驱动力下，“每个人都在默不作声地抢路”——秩序，礼貌，冷酷而又安静——“只剩下心里的一片嘈杂”。

我的生活现场在这里展开，以非常安静与私有的形式。课业并不算太重，相比那些在伦敦名校读书，把签名档改为“今天你康德了吗？”的同学而言。

个人时间很充沛，收获稀稀拉拉，偶见一星点深刻的捕捉，其实也很知足。唯独喜欢这里的图书馆，因为找得到很多过去难得一见的好书。

学的是国际新闻专业，因此多一些机会了解香港的社会思潮和意识形态。感触不是没有，只是意会难以言传。何况，我信奉知者不言，言者不知，言多必失，实为不智。一切个人心得，止于个人心得，不构成判断，更不可强加判断于该客体，以及他人。类似所谓的言论自由，大莫如此。

偶有一些不错的讲座，听聪明人说话总很有意思。在此记一位很受欢迎的教授，教我们传播学，北京人，资深记者多年，后于20世纪80年代留美拿下博士，墨水一肚子，上课的风格就一“智痞”，深入浅出，颇受欢迎，“智痞”一词儿是我的私创形容，我觉得抓得很准。

据他说，经常有同学跟他诉苦找不到工作，但他若提供一个职位建议，学生立马说，“唉呀，这也太高了，我哪儿行啊。”他就很发怒：“你让‘你哪儿行啊’这句话从面试你的人嘴里说出来成不？”

这是他的经典台词。言下之意不过是别他妈自个儿就说自个儿不行了，别人都还没说你不行，你瞎说什么。

戏谑的是，他抱怨我们这届学生不怎么找他，我就在台下应声说，“咱哪儿是不想找您啊，咱是怕打扰您啊，您这么忙的……”

我话音未落，他说，“你让‘我很忙’这句话从我嘴里说出来成不？”

｜香港｜地铁人头攒动｜二〇一〇年

｜香港｜我的床前灯下，纪念那些孤独而富于乐趣的阅读｜二〇一〇年

我们上课，论客观报道。他问，什么是客观？

举例“9·11事件”：肇事者是什么？全世界答：恐怖分子。此全世界非彼全世界。在肇事者的世界，他们答：民族英雄。

到底是恐怖分子还是民族英雄？客观在哪里？事实在哪里？什么是标准，如果有的话？

他由此说了两句话，令我印象深刻：

第一，没有事实，只有对事实的描述。

（这类似于木心所言的，没有正义，只有正义感。）

第二，多元化，不是人们该选择《苹果日报》，还是该选择《人民日报》，而是在看得到《苹果日报》的地方，人们也看得到《人民日报》，反之亦然。

（类似你的黑夜我的白天，你的恐怖分子我的民族英雄。能否理解多元化的存在性，防止奉自我判断为唯一真理，是一个人思维是否成熟的分水岭。）

我上完他的课，感叹人有两种层次的可悲——

第一层实为可悲：以狭隘的方式，被教育或者被思考；

第二层为大可悲：不晓得自己被教育被思考的方式，是狭隘的。

在此我只说“狭隘”，而没有说“错误”，正是因为我在尝试脱离狭隘，并避免对正误的个人判断。

于很多人来说，来香港读书是一块跳板，希望日后能够留港工作生活。但我从来没有这样想过。诚然如果七年以上的“港漂”奋斗能够换来一本免签一百三十多个国家的护照是很棒的事情，但即使我再爱这里，这里依然不是我的家。何况很长一段时间，长到我快要离开这里之前，我都并不爱这里。喜欢，但无法爱。

原因很多，我个人觉得主要有语言问题。

我不怎么会讲粤语，也不全听得懂。好吃力讲了半天，对方总是做侧耳疑惑状，“唔该啱先妳讲乜嘢？”

一个没有自己语言的地方，永远不可能是自己的家。尽管，粤语本身是魅力无穷的：古雅如斯，又求简洁，实在美极。说喝为“饮”，干杯为“饮胜”，什么时候为“几时”“何时”……连鸡翅都是“鸡翼”。我非常喜欢粤语中的一些词语表达，例如“中意”，“合衬”，每每觉得意犹未尽。举例《志明与春娇》旦的一段台词：男人在窗台望见有可疑人士送自己女人回家，女人进屋男人便展开质问，问她是否已经与之发生关系。女人答：“冇！”，男人问：“冇仲未？”

“冇”即“没有”，“仲”的意思是“还是”，“未”表示“还没有”。他们之间的精彩对话翻译为普通话应该是，“没有！”“你是‘没有’还是‘还没有’啊！”

客观说来，意思一样，普通话的表达却完全失去了那种精简以及劲道的味儿。

学校有一位教授专事研究香港流行歌词，我借来他的书读，看到早年著名词人黄霑写的歌词《忘尽心中情》，“任笑声送走旧愁，让美酒洗清前事。顺意趋，寸心自如。任脚走，尺躯随遇。”

还有郑国江写的歌词：“残红黄叶似在舞秋风，野外不再青葱，花飞花落，醒春梦。斜阳无力挂在晚空，已渐消失海中。西山枫树，映天红，暮色要比秋水多一分洁，晚风乍动。夜空漫天星星，星光闪烁，似真似梦。秋风吹动，风霜重。银河明月挂在半空，我愿将那星月编织秋梦，秋之梦，幻梦。”

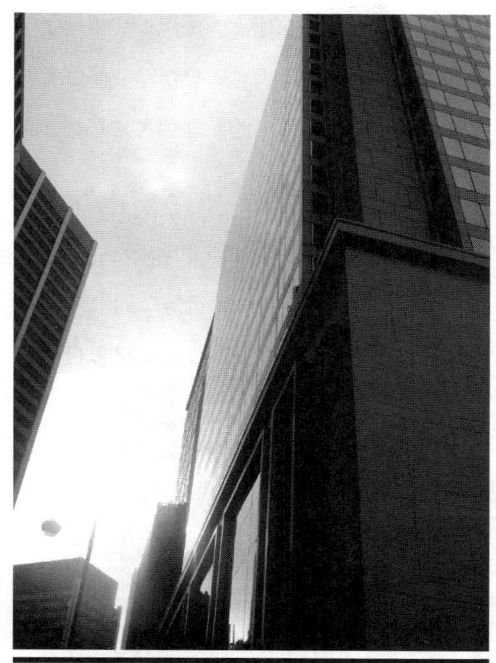

| 香港中环 | 张国荣坠楼的文华东方酒店 | 二〇一〇年

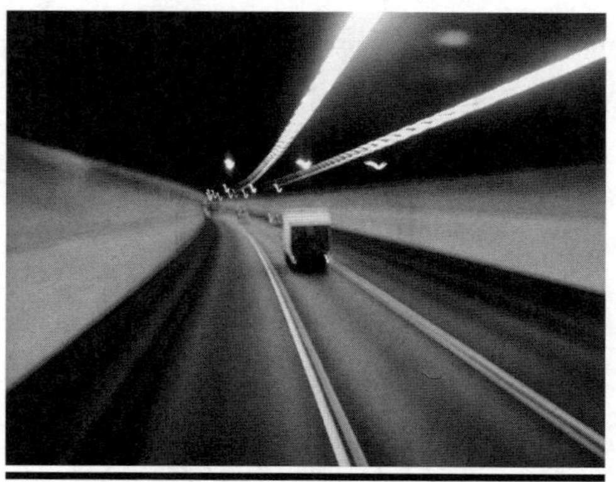

| 香港 | 跨海隧道内 | 二〇一〇年

而今的林夕、黄伟文等，作词同样精湛，写尽人情爱恋，即便不是刀刀见血，亦每每击中人心。“拦路雨偏似雪花，饮泣的你冻吗。”如此的歌词，实在是艺术品。他们延续粤语歌词文化的风骨，即使式微，依然是一笔光辉岁月的黄昏。

穿梭在中环闹市，迎面涌来的是西装革履的典型白领，急匆匆地搭地铁，拎着电脑包打手机；眉目冷漠的年轻学生，背一只Agnès B.包，穿着极潮；眼福好的话能碰到好些混血model, 仿佛从*VOGUE*封面上走下来的栩栩尤物，漂亮得直教人挪不开目光；当然也有肤色暗沉的南亚女佣，推着购物车大声讲话；朴素的家庭主妇牵着养尊处优的小孩子咿咿呀呀……我抬头看到楼宇间逼仄的天空，灯光精致的高档餐厅盛气凌人，街边却是亮着破灯箱的茶餐厅；限量版法拉利豪车似战矛利戟一飙而过，引擎声的多普勒效应中，师奶叽里呱啦八卦华懋争产案判决，大叔盯着手里的《苹果日报》翻马经……我想，再没有比这里更能称为“城市”的地方了。

香港读书时的挚友ET就住在我的隔壁。她是一个怀揣着电影梦的姑娘，聪明漂亮，对电影痴迷不悔。毕业之后同学作鸟兽散，唯独与她联络还很紧密。然而现实逼人，实习阶段的经历，令她同样陷入深深的落差与迷茫。那一夜她来我的房间，我们聊了很久，说起太多的无可奈何，品尝成长的纷杂滋味。

但我相信，才华是金，总会闪光。如同我佩服她笔下的香港，是这样写的：

某一天晚上去太平山顶看到维港入画的夜景。两岸灯火繁丽勾连，错落堆叠出去，海面是微微细波静在一片光色偎抱中，没有行船甚至看不出起伏。

同行之人说这是他有生见过最美亦最爱的夜景，胜过伦敦巴黎纽约洛杉矶，胜过半个地球上他见过的所有地方。我问他有没有见过台北的101，他说见过，只是因为高，却没有海，道路并不真的那样美。

我记得在101的夜晚向下望去。台北像珠冠般躺在无限远的地方，却又像咫尺陈列在可触感的眼前。道路与街区有致却疏远，是我有生见过最美丽的灯火，最美丽的一座城的夜晚。

香港和台北，夜晚和山道，都是美丽，却并不打动人心。就像你可以爱上一张绝世再难遇见的容颜，却并不爱那个人。而那样的容颜就变成没有意义的经过，你不会想停留，也没有波澜。

欧洲之冬

｜捷克布拉格｜伏尔塔瓦河上｜二〇一〇年

二〇一〇年去捷克布拉格参加TOL组织的国际记者培训课程，我却不甘于坐在教室听讲座，蓄谋旷课四处周游，并大胆付诸实施。讲座老师曾对我们擅自离境跑去维也纳非常生气，可是对于我来说，在马赛克一般的欧洲版图上，捷克占据七万多平方公里，一千万人口；整个国家连我的家乡四川省六分之一都不到，我只不过是坐了一趟火车去隔壁城市而已。

有人说，捷克小得只有一座城市，那就是布拉格，其实这也不失中肯。布拉格浓缩着捷克历史的光荣与痛楚，伫立在瞬息万变的时间之中，在其他人或许连她的祖国之名都混淆不清的时候，她的样子，仍然安静。

布拉格曾经是捷克斯洛伐克联邦共和国的首都，直到与1993年1月初，捷克斯洛伐克和平分裂为两个独立主权国家：捷克共和国和斯洛伐克共和国。此乃前苏联东欧阵营崩解的结果，人们将其称为“天鹅绒革命”，取其柔软之意，纪念该国自1989年剧变起的整个转轨过程，和平与幸运，也在这诗意的意涵之中。

就地理位置而言，捷克恰巧位于欧洲中心。这个民族因了欧洲之心的特殊位置，从未遭受大的浩劫，却被种种夹板气委屈着。作为波希米亚故地，自中世纪以来布拉格各个时期和类型的建筑都得以保全，被誉为欧洲建筑艺术博物馆。

伏尔塔瓦河蜿蜒贯穿布拉格，将城市一分为二。作为母亲河，她声名寂寂地耐心哺育着捷克这个柔弱敏感的孩子。顺着由南向北的水流方向，河右岸是老城和新城，靠南的高地上还有个重要城堡，称作维谢格拉德，直译为“高高在上的城堡”或者“高堡”。和它远远相对的左岸则有贝特静山和布拉格城堡。

捷克的民族作曲家斯美塔那创作的交响组曲《我的祖国》中最著名的一章即是《伏尔塔瓦河》，此曲也作为一年一度的“布拉格之春”国际音

｜捷克布拉格｜查理大桥上的雕像｜二〇一〇年／Photo by Celine

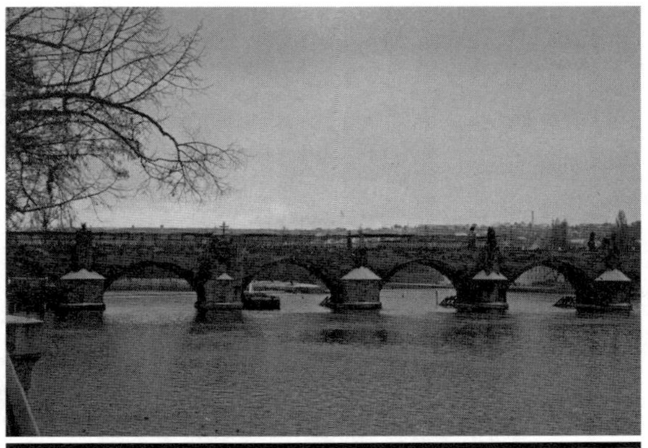

｜捷克布拉格｜查理大桥黄昏｜二〇一〇年／Photo by Celine

乐节固定序曲。多达十七座桥梁横跨于伏尔塔瓦河上，建于1357年的查理大桥就静卧其中。彼时正处于捷克历史上的黄金时代，神圣罗马帝国皇帝查理四世定都布拉格，建桥纪念。

据说查理桥的奠基时间甚至可以精确到分钟，1357年7月9日5点31分，因为布拉格人认为按捷克书写时间的习惯"135797531"这样的数字回文可以佑护查理桥坚固不毁。建筑者们甚至还在灰浆中掺上鸡蛋、蜂蜜和葡萄酒，这多少与中国古代的城墙建筑技术相似。

在长仅五百二十米，宽不足十米的查理桥两侧，有三十尊石制雕像，多是宗教人物。右侧第八尊圣约翰雕像，被视为世界各地圣约翰雕像的范本，也是查理桥的佑护者。传说圣约翰是被政敌从查理桥上扔下淹死的，桥中间的围栏上刻有一个金色十字架，标记约翰入水的地点。

我爱伏尔塔瓦河的桥，胜过这里的一切。

最喜欢的，却不是游人如织的查理大桥，那里永远挤着摩肩接踵的游客、乞讨的卖艺人、精明的小贩……实在很扫兴，风味尽失。

我最喜欢的是紧邻查理大桥的Legii桥。桥头是捷克国家大剧院，桥面镶嵌着电车的路轨，我曾经反反复复地坐有轨电车跨过这座桥，也好几次提前下车来专门徒步过桥。站在Legii桥向西北方眺望，即是壮丽的布拉格城堡全景，而正北前方又可以眺望查理大桥。一眼看过去，历史面目恢弘，近在眼前却又容颜温柔。

Legii桥跨过一座河岛，岛上高树澪澪，寂寥的路灯与长椅，在鹅毛大雪之中静静等待恋人的驻足。我爱极了，在大雪的夜里走下阶梯到小岛上去，踩着没过脚踝的厚厚积雪散步，仰望桥上的灯光，孤独就这样变得美丽起来。

老城广场是老城最初形成的中心，自古商贾云集，成为中东欧重要的集

｜捷克布拉格｜Legii桥上｜二〇一〇年

｜捷克布拉格｜远眺Legii桥｜二〇一〇年

市，很多道路由至今保留着的一粒粒石块拼成。广场上的天文钟，大概是除了查理桥之外的第二张布拉格名片。大钟设计者汉努斯在1410年设计完这口钟后就被弄瞎了双眼，因为统治者不愿他再设计出如此精美的作品。

也许是期望值过高，我觉得它有点儿虚名在外。临走的前一天早晨，我才去了广场看天文钟：两个钟盘分别能显示太阳时、月亮时、地球时，每逢整点，就有骷髅拉动钟绳，两个窗口打开，耶稣十二门徒的雕像依次从窗前走过，然后金鸡啼鸣。每逢整点，天文钟下都站满了只顾着抬头观看这把戏的人，当然，那也是小偷们忙碌的时候了。

而布拉格城堡，作为游人如织的精华景点之一，不得不提。爬上布拉格城堡的山坡，路非常陡，中途停下来歇息，俯瞰冬日早晨雾色茫茫的城市，感觉像是走进了一幅油画。散不尽的云雾与明亮的晨光水乳交融，像太阳醒来时尚未褪去的睡袍：一片乳白色的惺忪。

城堡中的黄金巷、火药塔、旧皇宫等皆是标志性景点，我最喜欢的是圣维塔大教堂。典型的哥特式建筑，建于 1344 年，气势非凡。教堂青黑的苍脊插入穹空，在近七百年的风朝雨夕之后，依然忠贞不贰地向天上的仁父传达世间的祈祷与告解——所有的夙愿与原罪便由此得以与信仰产生联系，孤独得造主为父的人类便有了欣慰。

除去布拉格，不得不提到Český Krumlov小镇。它位于捷克南部的伏尔塔瓦河深谷中，与奥地利边境接壤，是一座保留完好的中世纪城堡。我们去买到那儿的车票时，嫌名字复杂，直接对售票小姐说We would like to buy some bus tickets to CK, please. 姑娘一脸嫌恶的神情，大声对我们说，What ? CK ? You mean Český Krumlov ? 说着就夸张地弹一个大舌音，震晕了我们。我想大概她已经受够了国外旅行者们对它的这个不敬的简称。

Český Krumlov的鼎盛时期是在1302—1602年Rozmberk领主统治的时代，那时的它是捷克内地与奥地利、巴伐利亚多瑙河平原及意大利北部相

｜捷克布拉格｜天文钟｜二〇一〇年／Photo by Celine

｜捷克布拉格｜老城广场冬晨｜二〇一〇年／Photo by Celine

｜捷克布拉格｜俯瞰｜二〇一〇年

｜捷克布拉格｜圣维特大教堂｜二〇一〇年

｜捷克布拉格｜圣维特大教堂｜二〇一〇年

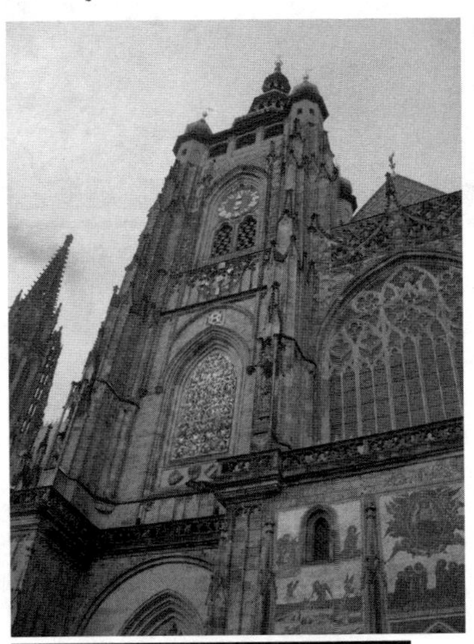

｜捷克布拉格｜圣维特大教堂｜二〇一〇年

互交通的枢纽，因此有着明显的意大利文艺复兴时期建筑风格烙印。17世纪后期，在Eggenber家族统治时期，又兴建了巴洛克式的剧院并改建了城堡花园。其后，这个小小的城市又经历了数个领主统治，而今它以超过三百座历史建筑物而闻名。

一条蜿蜒小河绕城流过，峭壁上就是古老的城堡，封建领主世代承袭，管理他的子民。而今，当年城堡下的平民住宅已经全部成了各色纪念品店、咖啡店、餐厅、旅舍。古老的小石块巷陌和红屋顶房子保存完好。

捷克以精致而可爱的积木、玩偶、锡兵等小玩意儿闻名世界，整座Český Krumlov小城里遍街都是可爱无比的小玩具店铺。最初看到的几家，我们都尖叫着涌进去，这里瞧瞧那里看看，口袋里没有什么银子，舍不得买——也不知道该买什么：拿起积木又放下布偶，无从选择。只能一家家拍照，可是很快就有了审美疲劳——实在是太多了。

曾有人对我说，欧洲的大城市当中，伦敦巴黎也好，柏林阿姆斯特丹也好，有人爱极就有人恨极；唯独维也纳，人人都爱她。

在捷克待不了几天就耐不住寂寞了，买了一张火车票奔向维也纳。事实证明，维也纳的确不愧为欧洲城市的皇冠。连去往维也纳的路途都这样叫我难忘：一路都是暴风雪，窗外的莽莽森林皆银装素裹，暮野山原一片皑皑。我从未见过这般壮丽的大雪，天地之间，鹅毛雪花飘扬漫舞，疾驰的列车掠过一两间雪原上小小的木屋，温黄的灯光透出来，我仿佛能够看到屋内餐桌上的烤鹅——是时我方才理解，为什么欧洲能够诞生童话。

至于维也纳本身，用尽赞誉之词也不足道内心的恋慕之情（尤其是对比了巴黎之后）。刚到那天，出了火车站找地铁某条线，手里拿着地图正一脸茫然，还未来得及求助，一位高大的奥地利青年就停下来，友善而真诚地问我：Can I help you？在捷克受够了人们不讲英语的交流障碍，来到了德语区

｜捷克 Český Krumlov｜于城堡上俯瞰小城｜二〇一〇年

| 捷克 Český Krumlov | 暮色中的城堡庭院 | 二〇一〇年

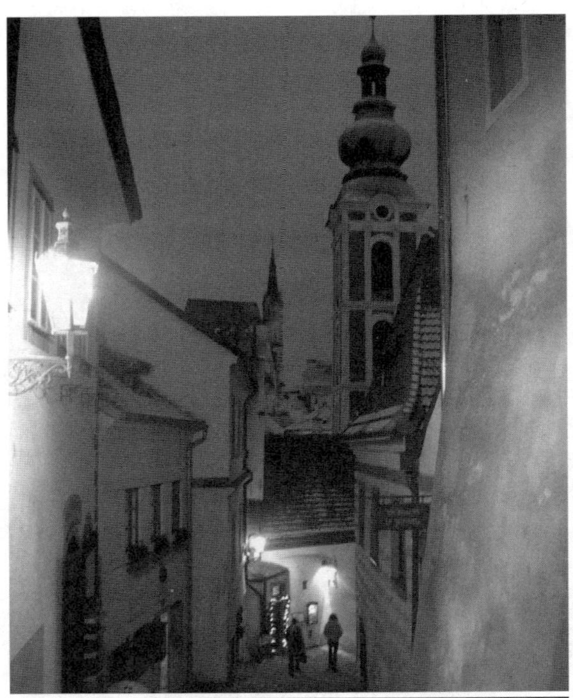

| 捷克 Český Krumlov | 寻常巷陌 | 二〇一〇年

｜捷克 Český Krumlov ｜不计其数的玩具店｜二〇一〇年

｜捷克布拉格｜红屋顶之城｜二〇一〇年

｜捷克布拉格｜冬夜街衢｜二〇一〇年／ Photo by Celine

｜奥地利｜沿途大雪｜二〇一〇年

简直感激涕零：不像法国人西班牙人，非要拗着一口自家话，就是不跟你讲英文；在奥国，过个街，问个路，无不能体会到人们的素质之高。

维也纳贵为奥匈帝国的首都，巴奔堡家族与哈布斯堡家族等欧洲老牌贵族的赫赫声名如雷贯耳。挺阔华丽的维也纳城，街道整饬净丽，满目皆是壮观的欧式建筑精品，巴洛克式酒店，洛可可式剧院，哥特式教堂，栋栋建筑内外装潢极尽奢华，却又不失稳重。举例而言，再无哪个地方的市政厅能像维也纳的那样令人惊叹了。整座城市给人的感觉是帝国荣梦犹在，盛世风韵不减，又毫无一丝倚老卖老的虚张声势，更不是外强中干。历史如果在北京等于厚重，甚至悲怆，那么在维也纳，等同于美丽，且仅仅是美丽。所谓高贵，概莫若此。

而这，还未算上维也纳作为世界音乐之都这一魅力呢。

而若要追问维也纳最美的地方，于我而言是中央公墓。中央公墓在维也纳市郊，分几个大区，整整三个有轨电车站的跨度，占地二百四十公顷，墓穴超过三十三万座，也是全欧洲第二大公墓，自十九世纪初建造以来，共安葬了二百五十多万人。建园最初，这里只埋葬王公贵族，后来有越来越多的政治、经济、文化、军事各界名人安葬于此，而后又专辟了“二战时期”的士兵纪念墓群，规模日渐宏大。

虽是墓地，这里却无一丝阴森鬼魅的气氛，处处绿树成荫，规划整齐，幽静如花园。我去的时节，正值寒冬，墓园一片皑皑白雪，幽静异常。一件件各种造型、材质的墓碑雕刻精美无比，仿佛墓中沉睡的不是死亡，而是艺术——的确是艺术——这中央公墓闻名世界的，就是那些耳熟能详的音乐大师们，海顿、贝多芬、舒伯特，以及施特劳斯家族等，连莫扎特的纪念碑也被挪到这里安置。

是日漫步在公墓内，直至天色渐晚。徘徊在墓碑之间，欣赏雕刻的同

｜奥地利维也纳｜英雄广场｜二〇一〇年

| 奥地利维也纳 | 英雄广场 | 二〇一〇年

｜奥地利维也纳｜白色教堂｜二〇一〇年

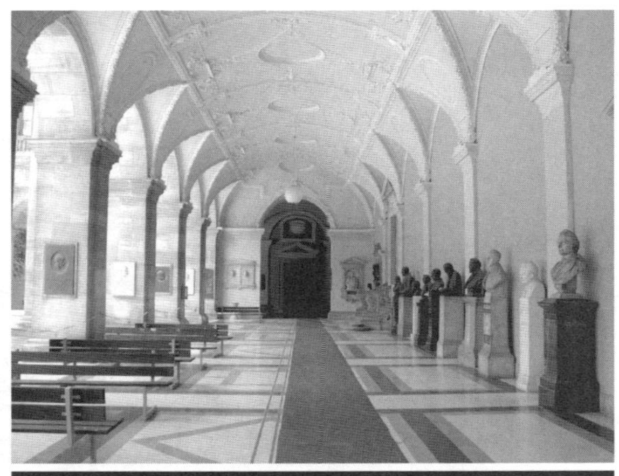

| 奥地利维也纳 | 维也纳大学走廊 | 二〇一〇年

| 奥地利维也纳 | 维也纳大学图书馆自习区 | 二〇一〇年

｜奥地利维也纳｜中央公墓教堂侧｜二〇一〇年

时，努力辨认主人的名字。偶尔一个传说中的名字或姓氏跃入眼帘，心中便肃然起敬。暮色渐浓，天空呈暗宝石蓝，整个雪白的园区渐次抹上了极其忧郁的色调。

那些伟大的名字，我再也看不清了。

天空中洒满了灰尘般的鸟群，除却它们的鸣叫，耳畔只有自己脚下的踏雪之声。二十多年来，我头一次得以与自己的灵魂，安静相处。

死亡原来可以如此优美祥和，几乎令生命都黯然失色了。

至于巴黎——我真的不明白为什么那么多人爱她。

也许怪我出行方式穷酸，只能搭乘巴黎的地下铁去这儿去那儿，为一次五欧元的票价心痛的同时还需要忍受售票小姐不耐烦的嘴脸。巴黎地铁历史悠久，破旧而肮脏的坑洞，逼仄的隧道，像极了《不可撤销》里那场强暴戏的拍摄现场，几乎使我得了急性幽闭恐惧症。最恐怖的是，地铁里阵阵扑鼻而来的强烈尿臊味，真叫人窒息。我无法理解，以香奈儿套装或波尔多红酒为傲的法国人，怎么能够忍受这样的市政建设？

慕名传说中的香榭丽舍大道而去，大失所望。听说“老佛爷”里挤满了赶集的中国人，听说而已，我没有亲见。

直到站在凯旋门前，我才彻底傻了眼。我见到的是一个聪明的流浪汉在凯旋门前安了家，因为地面上的一个排风口在冬天能冒出阵阵热气。

我拍下了凯旋门与这个另类的家，转念一想，很想替照片取名为：自由。

铁塔是个大家伙，可是距离我想象中的样子，又差了十万八千里。

还好，还好，还好巴黎有卢浮宫。即使每一件展品只看一眼且仅仅花一秒钟，也要九个小时才能看遍。既然如此，我就还是学《梦想家》里

｜奥地利维也纳｜中央公墓｜二〇一〇年

｜奥地利维也纳｜中央公墓｜二〇一〇年

｜法国巴黎｜凯旋门前一个另类的家｜二〇一〇年

｜法国巴黎｜夜下铁塔｜二〇一〇年

｜法国巴黎｜地铁通道密如蛛网｜二○一○年

｜法国巴黎｜卢浮宫里随处可见的临摹者｜二〇一〇年

｜法国巴黎｜圣母院旁｜二〇一〇年

| 法国巴黎 | 卢浮宫拿破仑厅 | 二〇一〇年

面的孩子来个卢浮宫飞奔吧。太大了……我和同学勉强跑完了三层主要展厅，三个多小时下来，真让人气喘吁吁——令人哭笑不得的经历。

傍晚赶去了橘园，终于见到了莫奈的真迹。在橘园印象派展览馆里，站在巨幅的《睡莲》组画跟前，我只觉得色彩流动，时间静止。而之前的忍受——臊臭逼仄的地铁，阴冷灰败的街巷——都是值得的。

只是仍然不得不说，对于巴黎，我像一个拙劣的乐手，面对一张手书潦草的古老琴谱，左右端详却依然奏不出一首传说中那样动听的歌曲出来：琴谱传世又如何，我懂不了它的韵丽——那是世人赋予它的品质，而我无法人云亦云——于是一切与蛀纸无异。

国境之南[1]

1 文中绝大部分摄影作品由Rita拍摄。

岛屿给了我一个绚丽的早夏。明亮的稻田，黯淡的梦境，无尽的海岸。被风撕碎的云朵，散乱飘浮在天际。

整段旅途，心情都似云彩离开天空，只剩下湛蓝。每一天的开始，晨曦就如一只手轻轻拂开灰尘那样，褪去昨夜的梦。迎着朝阳醒来，生气蓬勃地准备出门。直到傍晚，望着天空和大海恋恋不舍地分手，我才肯静静离开。

环岛旅行，我感觉我们的脚步一路都跳跃在陈绮贞的旋律上，那种小清新小文艺的美好感觉，从来没这么真切过。在缓缓回述着《童年往事》的《悲情城市》，探访《牯岭街少年杀人案》，寻找《艋舺》，搭乘《海角七号》出航……在这《最好的时光》里，透过一扇《蓝色大门》望见那些无法被忘怀的《盛夏光年》，一切都是《不能说的秘密》……

喜欢台北西门町的红楼。喜欢“北一女”的姑娘们身穿墨绿色校服衣裙，三三两两回家。喜欢印着“某某国中”的帆布书包。喜欢全台湾的7－Eleven便利店，里面的思乐冰、便当、关东煮以及蒸包实在是美味到极点，连派送的印花都那么可爱。

喜欢高雄的美丽岛地铁站，偌大一间创意集市里卖青蛙布书的画家。喜欢那儿的夜市，吃到了一种非常特别的蚵仔煎包。喜欢垦丁的海：蓝得像上帝造物时太偏心，或者太粗心，把颜料盒里所有的蓝色都倒进了垦丁的海里。

喜欢九份的老街，有一家卖陶笛的店铺，各式各样小鸭子小奶瓶小飞机等造型的彩色陶笛，摆满柜架。男主人欢快地吹着童谣，笑得一脸灿烂，吸引无数游人驻足。更喜欢金瓜石，一座日据时代的金矿遗址，现已是地质公园，山远水长，天高风轻的样子。

喜欢花莲的山，太鲁阁壮丽的峡谷魑魅而陡峭，燕子在岩洞里成片飞鸣。

｜台北艋舺｜龙山寺｜二〇一〇年

｜台北西门町｜红楼｜二〇一〇年

｜台北红楼｜剪纸创意铁艺｜二〇一〇年

然后是海，各式各样的海——

巉岩石岸的海。泥沼滩涂的海。细白沙滩的海。

阴霾欲雨的海。晴空万里的海。皓月星稀的海。

污浊秽败的海。清透无杂的海。

堤围桎梏的海。自由奔放的海。

暴戾乖张的海。柔涟静漪的海。

雪青。三青。群青。靛青。

青蓝。冰蓝。碧蓝。靛蓝。蔚蓝。酞菁蓝。深蓝。普蓝。

蓝灰。浅灰。铅灰。深灰。

灰赭。灰黄。

海以它万千的形态、性情、颜色，类比了我们人类的一千零一种孤独。说起孤独，我就想起郭珊写的：

“在我的少年时代，我也曾像普鲁斯特一样，把一切无以名状的感伤，定名为孤独；像永井荷风一样，为雨夜啼月的杜鹃，阵雨中散落的秋叶，落花季节风中的钟声，日暮时分山路途中的雪而陷入惆然。许多年后，我才意识到它不仅仅是一种倏忽而至的感觉，它一直都盘踞在灵肉的泥土深处，是药，亦是毒。

于是，我渐渐变成一个孤独的收集者。气态的、固体的、天然的、人工的、个体的、普世的、初生的、腐坏的、慈悲的、险恶的、迷人的、丑陋的、坦然的、狼狈的、愤怒的、哀鸣的、高傲的、卑微的……唯一没有对应物的，是它的绝对性，毫无相对可言。你可以在他人的目光面前，任意伪装孤独的呈现方式，却无法在孤独的注视中，伪装成他人。”

人言，若心存迷惑，应当登高。而我想，如果胸中积郁，则应该望海。

望海，如同与自己的孤独面面相觑。如果拥有了直视而不回避的勇气，海一样的孤独便终会退潮，留下一片宁静的蓝。

宁静如飞燕草，孩子的沉睡，墓碑，或者一段不再惊动心意的记忆。

淡水，台北郊。淡江入海，沼泽泱泱，成就了一大片红树林。沿着红树林保护区的木栈道一直向西走，迎面灿烂斜阳，照得人眼光昏昏。终于日头落入西天，云彩绛红一片，光色柔和下来，如美人迟暮。

整个栈道两旁都被葱葱郁郁的红树林掩映着，与视野齐平，满目皆是墨绿的灌木枝叶。我有种只缘身在此山中的困惑，趁着四下无人，大胆地爬上了木栈道的扶栏，想看看远方。等我颤颤巍巍直起身体，才发现自己站得那么高了，而眼前的壮阔令我屏息——

天静无风，墨绿的大片叶海，广阔直抵岸边，一群白色的鸥鸟，蜻蜓点水般，站在叶海之巅，像练就了绝世轻功的白衣侠客，立于竹尖，身姿轻盈地随着枝叶微微起伏。

淡江中学含淡江高中与淡江国中，占据了一整小座山丘，校园后山上还有外侨墓园。

八角塔是该校的建筑名片之一，1925年由该校几何老师教士罗虔益设计。八角塔结合中国宝塔和西方拜占庭式风格，三塔环护青翠的前庭，中间开椰林道通正门，正门以砖面和粉面红白交替，非正门以观音石雕出雀替和宫灯，上面写着的校训取自《圣经》，令我印象深刻——信望爱。

校园青葱，蓊郁成林，少年们在球场上打球，林荫道上三两走过穿着校服的女生，浅灰衬衣，深蓝短裙，白袜皮鞋，小雅娴静，像这满眼的绿荫一样，惹人清凉。

在如此美丽的菁菁校园，若不经历一次青涩初恋，真是有枉青春一场。

｜垦丁｜佳乐水｜二〇一〇年

｜垦丁｜鹅銮鼻｜二〇一〇年

｜花莲｜七星潭｜二〇一〇年

《海角七号》的拍摄地——恒春镇，是离垦丁不远的一个地方。在垦丁、恒春，有好多好多的纪念品店，每一家都有关于《海角七号》的小东西。我们在恒春镇，找到了阿嘉的家，那已经是一个纪念品摊，卖很多有关《海角七号》的东西。我诧异地拿起一枚钥匙扣，上面写着“操你妈的台北”！我一脸疑惑地问身边的朋友：“这个是？”她说：“电影台词啊！这是男主角的第一句话。最后一句是‘留下来，或我跟你走’。”

晚上回到民宿，就赶紧把电影看了一遍。原来这是一个深情的故事。

留下来，或我跟你走。

高雄的电影图书馆，楼梯侧壁上挂着一幅幅台湾电影人的相片。像日本有小津安二郎那样，台湾有侯孝贤。他的代表作之一《悲情城市》曾在九份取景，而我去的时候，却再看不到一丝悲情了。

九份倚山面海，宁静祥和。站在镇口俯瞰远景，山海一色，轻烟浩渺。令我想起苍山洱海的大理。

传说在清初之际，在陆路尚未开通之时，九份只是九户人家散居的偏僻山村，因为与世隔绝，外出不便，所以人们轮流出山，换购生活必需品和渔货时，每一次都要带九份。渐渐的，就有了这个地名。

可是而今的九份已经没有什么偏远古气可言，商业化潮流无孔不入，满街都是摩肩接踵的游客，跟着举彩旗的导游钻来钻去……街道两边的店铺，店员泼辣热情地叫卖个不停。

若不是还有濛濛山雨，袅袅烟云，九份的韵味大概无处可寻了。那日九份落雨纷纷，对一座古镇来说，应景很美。我想起这里离基隆很近，而基隆，高中课本上学过，是全台湾年降水最多的地方。

｜台北淡水｜淡江高中八角楼｜二〇一〇年

｜台北淡水｜淡江高中｜二〇一〇年

｜高雄｜西子夕照｜二〇一〇年

｜高雄｜西子夕照｜二〇一〇年

｜高雄｜英领事馆遗址 二〇一〇年

｜台北周边｜九份/《悲情城市》外景地｜二〇一〇年

｜花莲往台北｜沿途海岸｜二〇一〇年

｜台北周边｜金瓜石神社鸟居｜二〇一〇年

｜台北周边｜夜下九份｜二〇一〇年

是日大雨，我们逛完九份，时间尚早，不甘心打道回府，又冒雨搭车去往金瓜石。后来证明是一个明智的选择，甚为惊喜。

甲午战争之后清政府割让台湾，开始了台湾历史上的日据时代。金瓜石是日据时代的一座金矿遗址，而今已经停止采矿，作为旅游景点，建立了金矿博物馆，连当年作为职工宿舍之用的日式四连栋，都经过翻修重建，用于参观。现在矿山上是一座地质公园，还有日本神社遗址。日本人一样很迷信，建造这座神社，以求金矿平安运营，盈利丰收。

而今神社只剩下些许遗迹。沿着山路上行，林木豁朗，神社的木质鸟居兀然伫立在青山莽林间。鸟居前，两座刻着“奉节”的石灯，默默守护。站在高处向下望，别有一番风味。

美，只在而今闲情逸致下才能得以欣赏。若是当年，矿工们在艰苦条件下劳作，开采金矿进行加工，忍受非人的虐待，如此辛苦，哪有一丝心情观赏山景。

风云诡谲的时代已过去了。友谊归友谊，历史归历史。

我们在路上，静静的。所谓，旅行的意义。

散文
prose

沉默如谜的呼吸

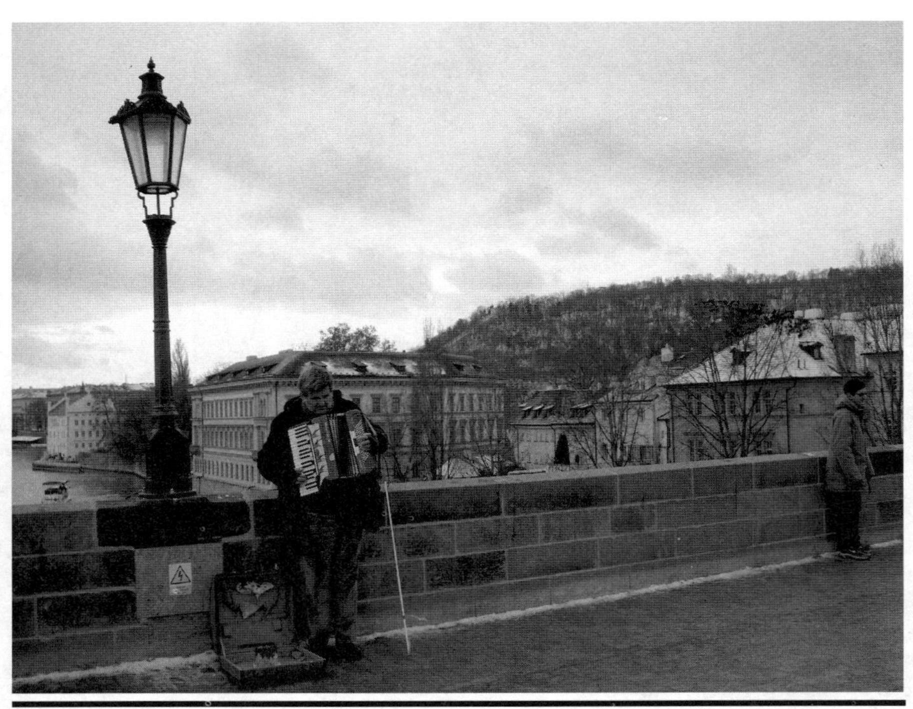

｜捷克布拉格｜桥上的盲人手风琴歌者｜二〇一〇年

周云蓬说：

一九七〇年，我出生于辽宁。幼年时，因患眼病随母亲四处求医。整个童年充满了火车、医院、手术室和酒精棉的味道。九岁时，彻底失明。留在视觉中的最后印象是动物园里的大象用鼻子吹口琴。这大概是我后来弹琴写歌的最初动因。

一九八〇年我进入沈阳盲童学校读书。一九八九年在天津读高中。一九九一年，考入长春大学中文专业，1994年毕业。大学期间，失恋两次，收徒弟若干人，我教他们弹吉他，不要学费，只要求学生为我读一本书。那时候，我最爱的书是米兰·昆德拉的《生命中不能承受之轻》和加缪的《局外人》。

大学毕业后，我被分配到一家做色拉油的工厂，具体工作是待在家里，每个月去工厂领一百五十元生活保障金。几个月下来，我实在无法忍受这种屈辱寂寞的苟活，于是，说服父母，背上吉他，去了北京，我想从此洗心革面重新做人。

我在圆明园的画家村租了一间小房子，月租金八十元。然后找到了工作，那也是我们盲人最古老的职业：街头卖艺。我每天清晨和小商小贩以及众多普通劳动者一起出发，背起吉他，扛上音箱，卷一张大饼，走到海淀图书城，这是我工作的地方。支好音箱调好弦，就开唱。从罗大佑唱到约翰·列侬，到了晚上，背着半口袋毛票和硬币，回到我的废墟。如果这一天收成好，那么废墟就会变成天堂，我可以买一瓶啤酒，半斤猪头肉，犒劳一下自己，在酒肉香中憧憬憧憬未来。

一九九七年，我去了南京、上海、杭州、青岛、长沙，一路卖唱，偶尔在大学开一两次演唱会，结交朋友又匆匆离开，喝不同牌子的啤酒，不同风味的米酒。

一九九八年，我到了云南，在昆明那个灯红酒绿的春城，花光了口袋里所有的钱，然后逃票狼狈地回到北京。

一九九九年，我和朋友们创办了民刊《命与门》，这是一本充满宗教情绪的文学刊物，我也正式开始写一些诗和歌曲。

二〇〇一年，我只身去了西藏，站在海拔六千多米的唐古拉山顶，我感觉只要给我足够的设备，登上月球，也不在话下。我在拉萨住了半年，在一家藏族人开的酒吧里唱歌。以后又去了山南、那曲。

二〇〇二年回京与朋友们办了第二本民刊《低岸》，主要想以诗的方式来阐释地下诗人的精神状态。

二〇〇三年，我与摩登天空音乐公司签约，并录制了我的第一张专辑《沉默如谜的呼吸》。整张专辑作品优美却不流蜜，简约却不枯燥，黯然却不神伤，深邃却不晦涩，为最具人文气质之作。看似沉默如谜，却仿佛早已窥破命运的秘密。

我到处走，写诗唱歌，并非想证明什么，只是我喜欢这种生活，喜欢像水一样奔流激荡。我也不是那种爱向命运挑战的人，并不想挖空心思征服它。我和命运是朋友，君子之交淡如水，我们形影相吊又若即若离，命运的事情我管不了，它干它的，我干我的，不过是相逢一笑泯恩仇罢了。

一个月之前，一个在北京上学的朋友来看我，带给我的是他去首都各大学蹭历史课的笔记，还有一个U盘，里面有一些纪录片，还有就是周云蓬的歌。

我们在家里用电脑看纪录片视频，听他讲彭刚的授课，放周云蓬的音乐，然后有一搭没一搭地聊着，朋友对我说，这样的人就是我的榜样。

我喝了啤酒，昏沉之中不断地对他絮叨起一些不愉快的事情，我觉得我又有点儿犯老毛病：对生活挑剔的人就算到了天堂都还是会觉得不满意的，这多么糟糕。

朋友听完我说话，沉默了一会儿，只是说，不急，不急。

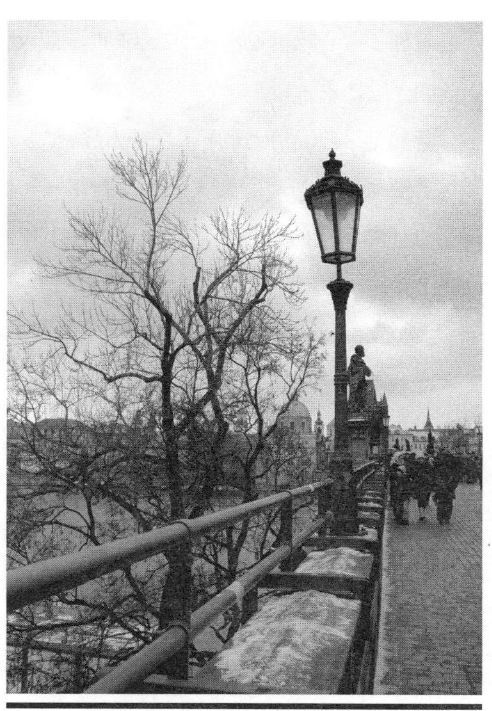

｜捷克布拉格｜二〇一〇年

于是我也停了下来，不再说话。

在月光一般的吉他声中，我一边听周云蓬的民谣，一边读他的自述，于是看到了由一双盲眼，三十三年的时间跨度，和一些飘荡无着的歌声所组成的人生之象。

忽然觉得自己相比之下，真是赤贫。

非要有朝一日，我们失去而今的年轻和健康，失去衣食无忧，肩上无所责任和负担的日子，才能恍觉自己当年没有理由不快乐，不珍惜生命吗？

如我现在这样——

高中时候的朋友从北京来看望自己，喝喝啤酒，聊聊各自生活，聊聊逝去的时代里那些，熊熊燃烧的火焰，流血牺牲载入了历史，却在今天成为无关痛痒的逸闻，这一切都是何等的轻松洒然。

再没有哪个年代的人像我们这一代这么无所事事了。民主、共和、自由、良知……这些抽象而遥远的词语，打开了人性中诸多个无处宣泄的洪潮的阀门，亦成了为活着的虚无和痛楚引流的渠道。

而在我们这个太平的年代里慢慢习惯了软弱，还有没有什么事情，能够成为我们为活着的虚无和痛楚引流的渠道？

还是太年轻了，所以对这个世界的理解带着盲目的信任或者盲目的不信任。因活着本身是为了活着而活着，所以一切流于空泛的热血和牺牲，最终都注定——从个人意义上来讲——是无疾而终的。除了活着本身之外，没有什么能够弥补活着的贫瘠。

人们绝望的缘由，没有新颖的动机。终极的失落，是人类原罪的原罪。哈罗德·布鲁姆说，心灵的自我对话本质上不是一种社会现实，西方经典的全部意义在于使人善用自己的孤独，这一孤独的最终形式是一个人和自己的死亡相遇。

自那以后，周云蓬的民谣，我自己常常听。夏天的时候和前面提到的那位朋友又一起去了蜀南竹海，傍晚在墨绿色的竹林间慢慢散步，他分给我一只耳机，两个人慢慢走路，细细地说话，听着黯然而不神伤的吉他民谣。

我忽然觉得很多年没有过这么纯净的时刻了。

朋友告诉我，有一次在周云蓬的民间演唱会上，他做出了求助的示意，于是旁边的人走近，俯首问，有什么事吗？

周云蓬说，现在开了几盏灯？

那个人说，两盏。

周云蓬说，那关掉一盏吧，听众只需要我的音乐，而我不需要灯，所以这样浪费了光明。

赋得永久的献世[1]

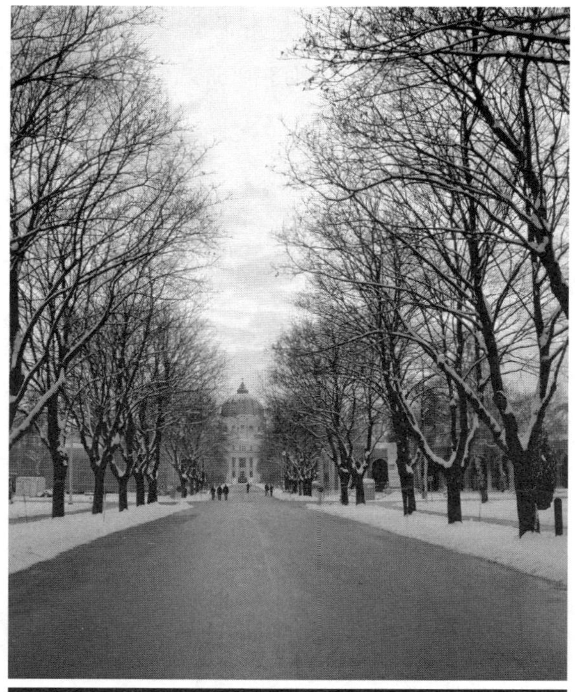

｜奥地利维也纳｜中央公墓｜二〇一〇年

1 原文题为《献世》，因应杂志专题约稿而写，所以现作修改，并加“赋得”二字示意。

“你想起年少时，固执地夺取单一的绚烂与欢乐，抗拒枯萎与悲苦，不禁感到羞赧——真像浅塘在暴风雨面前痛哭。人生应如秋林所呈现的，不管各自在岁月中承受何等大荣大枯，一切都在平静中互相呼应，成全，共同完成深邃的优美。树的枯叶装点了磐石，苔痕衬托浮光，因容纳成就丽景。当心胸无限空旷，悲与欢，荣或枯的情事，都像顽皮的松鼠偶然抛来的小果粒，你咽下后，微笑一如老僧。”

在二十二岁的八月下午，病中，输完吊瓶回家，躺在椅子上读简媜。这是她写在散文《温暖的空旷》中的一段话。这些年过去，我依然有做阅读摘抄的习惯。

悲苦，人生，这些个字眼实在太大太重，我无资格触碰。我只能说我多庆幸，即使年少足够愚蠢，上天也未曾允许我轻待生命。否则而今的活着只能是一个假设了。

事隔这么多年，我的确应该耻于再提及一九九九年四月那些昏迷中的天日，不知下落的遗书，我记得它的样子，没有任何的标点，十几岁的我颤抖着写下，如此潦草混乱，句子断裂——没有人相信我在里面说的是真话。我就将它放在桌上，然后似乎还落了一点泪。后来我昏睡过去了，听说是很多天很多天，听说最后那封信被我那匆匆赶来的班主任偷偷收起来，听说并没有交给过我的母亲，尽管里面都是我写给她的话。这已经是七八年之前的事情，而我早已结束所谓的青春期，那些可怕的动荡，过于轻易的绝望和被伤害。这遗书与所有令人难过的往事一起不知下落，而我也从未再想追寻。我只是觉得何其幸运，在这样的插曲中，死去的只是我的另一面。

人总把死亡看为黑暗的事情。我想，也许生命理应博得灿烂，死亡只不过是它的一道必然过程。所谓只有站在黑暗里才能看到光明——我信仰黑暗有黑暗的意义。

十六岁的时候开始写字，刺痛感的回忆有些近在咫尺，所以那些在现实中难以启齿的暗色调的画面得以用一种矫情而婉转的方式复活——甚至它们博取了和我同样年少的阅读者的喝彩和共鸣——但这只不过是一种不够正确的过渡。

多年后的今日，再回头看到那些记叙，所痛心的早已经不是当初所切肤感受到的伤害，而是自己面对那些所谓的“伤害”时，何等脆弱的内心。

但是我一直觉得，忘却就是一种原谅，即便不是最高尚的那一种。

这么些年，青春期早就过去了，我们都嘲笑过自己少年时的善感，并且许诺要在今后日渐成熟的写作与人生中，不再表白，不再倾诉，不再发泄，不再回忆，不再自传……要学会举重若轻地，活下去——用智慧，用意志，用已经失望的希望，或者注定冷却的激情。

我何其所幸，比如在偶然看到了今生最美的月亮的时刻，比如在阳光渐渐灿烂，不声不响地流进房间里来的时刻；比如在小厨房里做饭，收音机里播放了手风琴探戈的时刻，我多庆幸只要有兴致，就可以踩着黑白相间的地板瓷砖，一格一格地跳舞。这一切不再仅仅是个假设。而我留给世界的，绝不再仅仅是一纸语焉不详的潦草遗书。

其实也不用经过太多事情就可以懂得，没有什么不可原谅。因为没有什么不可忘却。记忆总是在被篡改着的，唯一的作用不过是夸张当初的欢愉或苦痛，用以衬托当下所需要的情感安慰。

曹方送给我的朋友一幅画。画的是梦在春天里。她说，既然是喜欢梦想的人，那就不要醒，梦下去。

我不愿醒，也不想死，尽管有时候仍然活得不耐烦。

我也并未期望——像某些名句所说的——渴望站在死里去看看生。那些动荡的年轻岁月过去之后我变得这样的惜命。过马路的时候很小心，开车的时候很谨慎，对饮食控制很严格，经常保持运动，注重养生。所谓“绚烂而丰盛地活着”那是文字游戏的噱头，人所能做的不过是好好地活着。

只是依然睡眠不好，曾经应验了医生说的睡眠障碍的每一条标志：入睡困难，做梦很多，很容易醒来，醒后很难再入睡。这些年每夜都做很多很多梦，多数是噩梦。最多的是被追杀，各种各样的追杀。追到最后，眼看我快要被人杀掉，却跑不动了，吓得心跳快要停滞的一刻陡然醒来，满身冷汗。

曾经一段时间，经常性的，梦见开车飞下悬崖坠死，梦见一路逃亡被追捕，梦见爬上《指环王》中才能见到的哥特式的高耸危桥，梦见身处巨型深渊的最低处……那时梦境一直都很恐怖，也许是源于精神压力太大，可是在虚构的梦境中我一次次体验了濒死的感觉，醒过来之后发现只不过是一场梦境，就会轻松很多，我有时候也是一个会感叹“活着真好”的人。

最近一次遇到车祸，是在去年暑假。猛烈撞击的一瞬间，我身旁的那个人几乎是替我做了肉垫，当场昏厥，叫了救护车送进医院，断了两根肋骨，内出血。撞击我们的那辆面包车，司机当场死亡。而我们的车身中部则被撞成了K字形凹陷，车身后面燃起了大火，天然气压缩燃料罐就在后部，我真是觉得马上就要大爆炸了，像电影里一样……那时我满嘴满手都是碎玻璃，车门早就变形无法打开，我尚有意识，惊慌地大叫着“让我出去快让我出去”。

我头一次觉得我马上就要死了。我真的要死了。

｜奥地利维也纳｜中央公墓｜二〇一〇年

当然，上帝总是很仁慈，后来我被人抱着拖出车厢，身上除了一点擦伤之外没有大碍。我的同伴就没这么幸运了，重伤住院，休养了三个月。

事后我才知道，真正当死神降临的时刻，是等不及让你写一封遗书的。那种求生的本能，让你的头脑在瞬间空白，除了逃出去，活下去，你根本不会有别的念头。生命是真的比你我想象中的还要脆弱。

这篇散文应选题而写，原本应该是一篇遗书，复述我们现有的生命，并想象死亡。但我想了很久，我不知道我留给世界的会是什么。这是个很卑微的答案。写它的时候，我是在飞机上。一万米的高空，我离阳光从未这样近，离大地从未这样远。一眼望去即是蔚蓝晴空，白白的云朵胖乎乎地飘在眼前，让人恨不得一口咬掉。鸟瞰连绵山峦，起伏如静止的海浪一般温柔。世界从未这样壮阔而可爱，就算此刻掉下去，我还是觉得我这二十三年的人生，已经过得很好。

其实也不会在闭眼的时候回忆我走过了谁人的生命，你们又如何怀念我。不会像胶片拉过一样追忆往事画面，譬如一九九九年的某个夜晚，谁吻了谁的泪，谁又为谁透支了半生的衷情。生命不及百年，不及宇宙亿万分之一的瞬间。有今生无下世，我只信古词里的“生死两茫茫”，“月夜松冈”。

因知晓这短暂渺小，所以怎愿徒劳留一纸伤情于世。

红尘万载，而我多眷恋。

给世界上另一个我

| 土耳其 | 伊兹密尔 | 二〇〇七年

七：

这是在你二十岁的最后一天，于中午十一时三十三分动笔的信。

我知道你一个人住在北海旁边的酒店，没有带多余衣物。黄昏时分天色泛寒，偌大一座森然京城在初秋的夜风中颤抖起来，下了冷雨。你想着，秋日近了。

我也知道你冷得不敢出门，夜来瑟缩在酒店里，躺在床上看潘晓婷对战金佳映的WPBA比赛，啃一只发硬的面包。翌日一早，穿着短袖出门，冻得咝咝吸气。搭地铁经过朝阳门的时候，临时决定下车去商场买衣裤御寒。连续两日每顿都一个人在KFC埋头暴饮暴食，吃到反胃不适，数次走进卫生间想要呕吐。几日下来事情办得不顺利，你无功而返，坐城际特快离开。回到宿舍推开门，看见自己的桌上放着一封旧日挚友的信件，以及一张朋友寄自中亚国家的明信片。

你当即坐下来，连包都未放下，便拆开信读起来。

……

彼时，那是一种寂静的心情，但也是一种寂寞的处境。

七，我隐约知道你最近过得不尽如人意。这段时间……也似乎每个人都过得不如意。一些不该到来的事情发生了，一些不该走的人却又离去了。

一个人的世界悄无声息地倾覆，那种感觉像是走在汹涌的人潮中，肩上的笨重行李掉了下来，物品散落一地……自己须在拥挤人潮中低下头，蹲下身来，忍受冷漠无情的行人的裤腿擦过你的脸，一件件捡起东西，装进箱子，收拾心情。

须重新站起来，告诉自己，继续走吧，路途尚未结束——即使重新捡起的东西已被别人踩得粉碎。包括你蹲下去的时候散落一地的尊严。

你也是知道，这个世界可以有多冷。

冷到你收到一个人的短信，看到对方这样对自己说起——“昨夜做梦并肩与你静默着走了一段清晨的路。醒来后觉得十分安心”——心底便温如春熙，似乎觉得有泪在即。

今日坐着空荡无人的公车经过一座桥，望见铅云沉沉的阴霾天色下，宽阔冰冷的河面被烈风吹起不断翻滚的波涛，紊乱而破碎地流逝，其状之隐伤，令我忽然想起你的脸。我一直都明白，你为着不至于湮没在人潮之中，庸碌一生，而努力做着活得丰盛的人。

活得丰盛，却也便会有丰盛的代偿。

我常常湮没于人群，路遇各式各样的陌生得无法记认的面孔，想，对面的这个人，是怎样活到了今日的呢？

她出生。裹着尿布蹒跚学步的时候。她小学三年级某天拿着考得不好的数学试卷，放学不敢回家的时候。她换下第一颗乳牙。她个子忽然拔高。她第一次来例假，从学校狼狈不堪地回家来，有些慌张，觉得说不出口，便写了纸条告诉母亲这件事。她参加秋游，弄丢了一件毛衣。她交到第一个男朋友。她高三毕业，读了本地的大学。她某天旷课睡了懒觉，醒来已是下午，穿着拖鞋去开水房打水。她啃面包，在拥挤杂乱的宿舍读言情小说。她毕了业。她找到了一份工作。她又认识了男朋友。她结了婚，房子只有五十平米，生活风平浪静。她此刻刚刚下班，面无表情地与我擦肩而过……

这擦肩的一瞬间，我便猜测完她的人生，从此也再不会记认起这张面孔。

七，你看，乏力的生命甘于遵循的轨迹，有时候这样苍白空洞，苍白空洞得几近惊心动魄。

你自懂事之年，便暗自坚定着，不要沦落于这样的人生。

但即便如此有力地活着，都难免轧于时光的轭下，于嘎吱粉碎的声音中明白自身的渺小与无力。

你这样的生命，已经过去了二十年。

二十年间，你记认哪些面孔，哪些人事？你的生命的白纸，被渐次涂抹了哪些字迹与颜色？

你曾经跟我说起，在你四岁那年的某天下午，你站在幼儿园门口等着妈妈接你回家，她却在所有人都走光，天色渐晚的时候仍不出现，于是你惶恐地认为她出了意外，再也不会来了。当时你难过至极，几近悲痛不持，站在马路边放声大哭起来。而后的事情无非是母亲赶来，安慰着你把你带回了家。

我明白你对我提起这件往事的缘故。那天是你第一次觉得生命面临末日。尽管回头看，那些曾以为的末日或者万难，无不越发可笑。

如此以来，二十年间，末日之后，仍有末日。生命的峰峦，总须路过深不可测的低谷。而这样也不错。日子将过得很整齐。失望将渐渐淡灭，容希望再生。

董年

二〇〇七年十月四日

如果天空不死

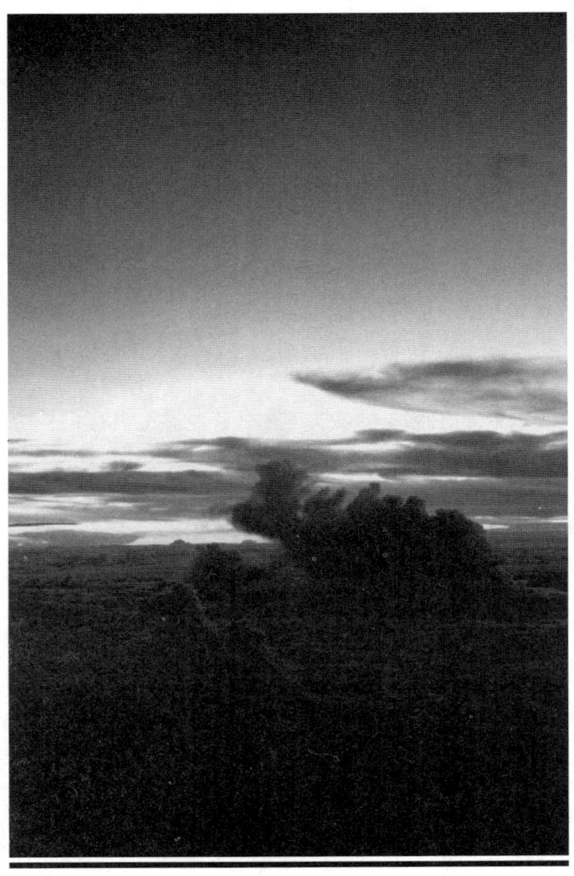

｜台北回香港的航班｜一场落日｜二〇一〇年

在过去的短短几年里，从少年变为青年。因年纪依然太轻，生活里充满了太多不值得那么快乐的快乐，和不值得那么悲伤的悲伤。要说波澜，其实不过只是池塘里的涟漪。我们的生命这样的单薄，一切大痛大彻，其实不过是存在于我们的幻想之中。因了对人群的兴味索然，又厌倦徒劳的语言，我总是选择独自行走。

如此的如此，似乎是越来越孤独。认识我的陌生人越来越多，然而记得我的旧朋友越来越少。若这就是成长，那未免也有些残酷。

刚拿到驾照不久，头一次甩掉陪练独自开车，去郊县兜风。一路上放着一些旧情歌，天色渐晚，暮色四合，车窗外是黯淡的田野。已到了收割谷子的季节，远处焚烧稻秆的烟雾，为大地淡淡地覆盖了一层蓝色，气息这样的辛辣而芳香，是泥土的质感。朴素的乡下人背着背篼带着孩子在马路边走着，也许是要回家。

我离城市越来越远，却越来越有如归的感觉。好像这渐渐黑暗的道路的尽头便是我的家。而我将一个人，为着这模糊的尽头一直前行，就算抵达悬崖必须勒马。

路边一个骑自行车的农村小伙子，后座上搭着一个姑娘，擦身驰过的时候却忽然让我想起了从前的少年。

几年前的少年喜欢骑着一辆灰色的二手自行车载着我，一起去吃饭，自习，买书，逛街……我们在城市的车水马龙之间握紧龙头穿来穿去，从款型漂亮的名牌轿车旁边擦过去的时候大声叫，哇靠，好车呀……

有次我们在红灯前与车流一起停下来，紧挨旁边的一辆宝马，开车的是个中年女子。我们带着吃不到葡萄说葡萄酸的劲儿，故作得意扬扬地骑跨在破单车上，用余光睥睨着及膝处的车窗，说，丑死了，等我们三十多岁的时候，肯定会开玛莎拉蒂到处兜风。

几十秒钟之后红灯转绿，女子收回了与我们对视的目光，一踩油门便飙走了，我们在后面呼哧呼哧地继续蹬车，哈哈地笑。

彼时我想起那个女子看我们时候的眼神，忽然有些想对你说——

也许到了三十多岁的时候，我们的确会开一辆更好的车，可是却一样会在红灯前停下的短暂时间里，忍不住侧头望着车窗外面骑着自行车笑容灿烂的少年恋人……怀念得心酸不已。

那样的单车岁月，少年肩胛骨突起的白T恤后背，所有阳光灿烂的日子……是不论有多少辆名牌跑车，也追不回来的年轻时代。

若到那一刻，我该也会慨叹岁月流逝无声，恋慕起往昔甜美，感到面容和内心都因为反复被时间摩挲而粗糙起来了罢。

但最终还是会一笑而过，在红灯转绿时跟上油门，抬头向前，甩掉那些只有年轻时代才会如此大动干戈的悲和喜，绝尘而去。

｜台北回香港的航班｜一场落日｜二〇一〇年

生如夏花

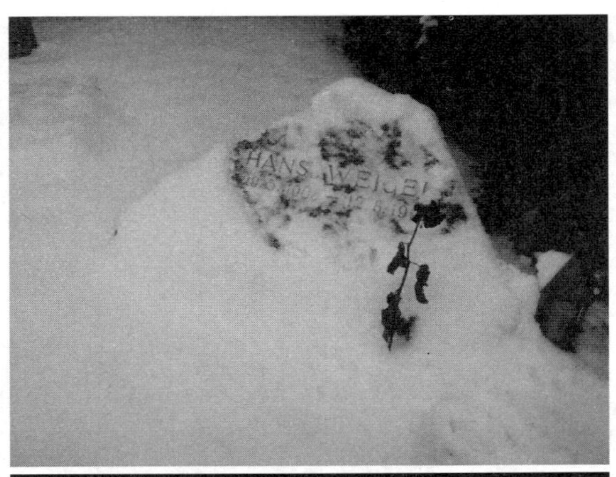

| 奥地利维也纳 | 中央公墓一角 | 二〇一〇年

我又见到那些花儿
在这么多年之后
热情而灿烂的笑容和拥抱
好像点燃了那些日子中冰冷的歌
就这样我们懂得了很多原谅
欢颜在时间中被辨认
笑得开怀而容忍

沉默是成长的标志
而成熟的标志
就是如何去沉默

泰戈尔写的不过是let life be beautiful like summer flowers and death like autumn leaves， 在中文中我们却说“生如夏花之绚烂，死如秋叶之静美”，这是翻译的艺术，赋予一则平凡的句子以华丽的外衣。岁月亦是如此的吧：这么些年，我们过得这么似水流长，静静的，每一个琳琅的日子都似一片粼粼的波光，平静地流逝远方，却只在河床深处才见礁石和旋涡，伺机暗算年少的澄澈和无知。我想，这大概是时光的艺术。

前些年夏天，我正在街上走着却接到短信，说，付老师去世了，明日九点的葬礼，你来吗？我看了短信，烈日下只觉得头脑一片空白，太突然，突然到无法惊讶或者动容，把手机揣回兜里，走了一阵，才又拿出来回复。老师与我并不在同一个城市，我想我自然是不会去。说自然不会去，当然是不近人情。但是细下想想，我竟然是在流畅的潜意识中就知道自己是漠然的。那样一个时刻，我有点惧怕自己了——但又觉得，其实自己一直都是如此的。

想起了他教我们的时候，因为一些他自己的个人原因，好似总不受学生青睐，背地里有各种迂回刻薄的取笑。彼时听着别人议论他，我心里偶尔会觉得，如果哪一天我是如此孤立无援地活着，且背后被人这般议论的话，不如死去的好。

因我一向对他人没有任何分明的爱憎，即使有，也都是表面夸张的一时戏谑而已，所以对他也同样没有特别的感觉。印象中他也没有什么特别让人受不了之处。倒是他的历史课，我觉得讲得很不错，好歹也比照本宣科要好。母亲曾经有个同事就是付老师的大学同学，他听说付老师正在教我，便侃侃而谈说了一通付老师在大学时的种种。言语之中竟然有与我的同学们如出一辙的调谑。

看来他这一辈子，确实过得落寞邋遢。其实一个人生了怎样的一副脾性和作风，带给他人以怎样的印象，他自己多半是感受不到的，感受得到的，只有镜子般投射过来的命运遭遇。

高二的时候听说他终于结了婚，后来还有了孩子，又是这么突然的消息。虽然也觉得意外而别扭，但还是替他高兴这下终不至于单身一辈子了。这番突然听说他去世，才知道原来是因为积劳成疾，抵抗力太差，感冒一个多星期不见好转，坚持带着高三学生，过劳而死……这样的缘由，放在他这样一个人身上，叫人听了甚觉凄凉。

我自然是觉得万分突兀，个人心里叹念了一阵，但也没有什么伤惨的心情。多有的，竟是怜悯。三十多岁的人，膝下又有妻儿，一辈子可能还没怎么享过安乐。

这些曾经就近在自己眼前的人，与自己讲过话，碰过肩，好似还在昨日，一个个突然地就走了。我又记起我的外婆。初一的时候，晚上自己在家里做作业，忽然妈妈打来电话，说外婆不行了，在医院，下了病危通知书，你赶紧来你赶紧来。

外婆一向身体健康，此番如此突然，我不知道是为什么。我打车赶去，跌跌撞撞找到昏暗浑浊的病房，在门口愣了一下，怯生生地走过去，看见老人就这样躺在床上，插着氧气管，闭着双眼，已经神志不清。

家人无言，一个个神情哀肃。母亲见我木讷，令我过来给外婆说话。我竟站在那里，没有动，也无法挪动，最终一句话也没有说。半晌，母亲气愤地叫我滚回家去。

我没出息，几近落荒而逃。独自打车回家。那夜冷。我把脸贴在车窗上，看到这个充满了故事，却不再有传奇的人间。这灯火通明的盛世，不知哪一日就要与我们话别……我越想越害怕，回到家里，心里一片空白，只能麻木地继续做作业。

那夜外婆就去世了。就这么突然。我仓促笨拙的短暂出现，就是与外

｜奥地利维也纳｜中央公墓｜二〇一〇年

婆今生的最后一次相见。

好多年以后，母亲对我说起，外婆的去世……是因不堪忍受抑郁和孤独而自杀。她吞下了整瓶安眠药，死心已决。那个时刻我才细知了这一切的原委，内心触动异常剧烈。以至于后来每一次为她扫墓，我都悲愧于旧时旧事，和家人一样站在墓前就不禁泪如雨下……但这又好像十分多余。

一晃，外婆走了十多年了。每一次大年初一、清明节的扫墓，她的儿女——也就是我的母亲、姨妈、舅舅——无不是涕泪齐下。

“妈妈走之前，躺在病床上，那么老的人了，吃了药都还是清醒着的，她看到我来了，就伸出双手，想朝我抱来……想抱我一下，只有那么一下，然后就垂下去了，就走了……”

姨妈每次都在坟前哭诉这个细节。

因为实在是太迟了。

八十多年……她的一辈子，活得轻如尘，苦得重如山。

外婆命苦，出生于抗日战争的末期，家贫如洗，小时候害了天花，容貌被毁，又是女子，遭亲娘嫌弃，幼年就外出逃难，进纱厂做童工……经历战争年代，“文革”动乱，饥荒年月……一连串无可想象的苦难时景，一直到死，也没有享过一丝福——连影子都没有。

她刚与外公结婚的日子，极其短暂地，过了几年不用愁衣食的时光。外公当时在民国银行做会计，没落地主出身，一身老爷脾性，银行的活计轻松又多金，每天三四点下班，就叫上一辆黄包车，去看戏，吃茶，喝酒，嗑瓜子。

那些年光景略好，仅仅是喘了一口气，好日子转瞬即逝。

后来换了天下，我们家庭成分不好，根不红苗不正，一家人又陷入苦境。外公得了酒精肝，癌症晚期，挣扎了些日子很快病逝。三个儿女年幼，外婆独自一人于乱世穷日之中，靠着在工厂做女工，缝补货车车篷布，替人洗衣服的微薄收入，撑起这个家。

白日里累得散了架，夜里回来，还有三张嘴等着要吃饭……等儿女们都睡下，还要给一家人缝补衣服，做鞋子。在工厂打篷布，粉尘冲天，她得了肺结核，病得彻夜厉声咳血。在儿女们的熟睡中，一边缝衣服，一边大口大口地吐血……每夜呕出半盆暗红的肺积血。

悲惨吗，似乎是吧。但在旧时代里，这一切并不是什么了不得的辛酸。苦难已经黏着在那整个时代的所有人的舌苔上。人最强大的精神支柱，不是意志或者信仰，而是习惯。

习惯于苦，习惯了苦。味觉已经麻木。

即便是这样的年头里，不论是饥荒岁月，还是鸡犬不宁的斗争时期，外婆凭一个人的苦熬，儿女们没有一个人挨饿，而且都还一直上学读书。

家庭成分不好，所以外婆的儿女们——也就是我的母亲那一辈——后来也命途不顺。“文革”时没书可读了，下乡做知青一去八年，十六岁到二十四岁金子般的年华说没了就没了。返城后也找不到工作，三个儿女的婚姻也竟都以悲剧收场。儿女们尽管成年，却深陷独自挣扎的艰难人生，无可奈何的世道，各自心怀怨念与焦楚，如雨后穴毁的弱蚁一样，漂浪求生……是真的谈不上尽孝，更顾不上苦命的母亲了。

是真的顾不上，也做不到：只要母亲还在世，他们就依然是孩子，自己都来不及咀嚼自己的苦，甚至还寄希望于母亲，希望能得到满怀的抚慰；以为母亲一直都是那么强……她强了好几十年了，不应该一直强下去么？

可是母亲老了。她也是一个人。也只是，一个也需要满怀的抚慰的，苦命的凡人。凡人对于苦难的承受力，都是有限的。活着的意志，是有限的。苦命的母亲。她的天伦之乐，直到人生尽头，也遥不可及。

我的母亲总在外婆的坟前哭道：妈妈是彻底的失望了，彻底的没希望了……苦了一辈子，我们这些儿女……不到自己做了母亲，根本懂不得妈妈的心……

是的。严苛的生活，泯灭了所有温情的可能性，儿女的漠然与自私，尽管也并不是刻意，却无可救药地毁灭了一个母亲活下去的意志。八十多年的苦难，她都咬牙熬过来了……最后不堪忍受晚年的寂寞，与彻骨的失望，最终吞下整瓶安眠药，离世而去。

我不觉得自己是一个铁石心肠的人。但是好多时候，我觉得自己甚无情。今日看了一本《蒙马特遗书》，作者说，“世界总是没有错的，错的是心灵的脆弱性，我们不能免除于世界的伤害，于是我们就要长期生着灵魂的病。”

这本书信集是作者的最后一部作品，写完之后，这个当时留学巴黎的台湾女孩，就在位于蒙马特区的公寓里面用刀子戳向胸口，自杀而死了。

但是，我相信她这样做的理由，并不是因为正经历着像我外婆那样的生活之苦。

我们的年少单薄，使得我们常常因为不知道“痛苦”这个词语的真相而轻易亲近这个概念，将自己的脆弱装裱为痛苦，并隆重展览，希望博取他人一点驻足和关注。

言，言而不衷。离，离而不去。长大到这样一天，因了畏惧心的脆弱性，在接纳万事之前，自己已经在眼前挂了一面滤色镜，人事的悲喜色差陡然就淡漠了，看在眼里，也就没有那么触目，自然也就说不上惊心了。

而自己记得的，也就越来越少，只剩下些许模糊的印记，或者只记得眼前那些不轻不重的，连滤网都不用也不会惊人耳目的小事。头脑中的神经

｜奥地利维也纳｜中央公墓｜二〇一〇年

末梢一根根变粗了……总觉得日子越来越孑然，寂寞得又欢喜又害怕。在这烟火的纲常世间，也像是个没有裹脚却要装做裹了脚的小媳妇一样，人前人后战战兢兢地作态，生怕露马脚，费尽心思地想要掩人耳目地活下去。

少年时有一次和母亲旅行，晚上在旅馆里看电视，正好是一个心理访谈节目，报道了一个孩子的成长案例。因为很多周折与自己惊人相似，我与母亲都被震慑住，彼此僵在那旦，在黑暗而沉寂的房间里，电视屏幕前，两个人都在突然间，不得不与自身历史中最不愿提及的一幕面面相觑。

我手里握着遥控器，再也不能够忍受这种尴尬的，毫无遮掩的场面，欲要换台，母亲说，别换，继续看。我如芒在背，如坐针毡，随着幕后讲解者逐渐深入的每一句话，开始在黑暗中，忍无可忍地拼命流泪，眼泪之盛，让自己都吓了一跳。节目终于完毕，我觉得母亲也哭了。

她就在黑暗中对我说了一句话——过去的，就让它过去吧……原谅我。

而现在，我也说不清楚我究竟是不是就活得聪明了。好像是做了一些事情，满足了自尊自立，但是心中依然不安宁，毕竟，那些即使能够说不要就不要的东西，回忆起来，又怎么能轻易置之度外。

在毕业聚会上我看到这些见证了我青春期的“花儿们”，又聚首，又回头，这种被时间涤荡之后仍依稀可辨的熟稔叫人慨叹。我不能说我们生如夏花，活得完美而睿智，死如秋叶，亦离我们非常遥远，当下最真实的，不过是一种宽宏和原谅，对自身：他人，以及这个失望和希望并存的世界。

还好。还好。而今眷恋生世，朝朝夕夕孑然又繁华，有几滴好酒般的故人之谊，有几曲骊歌般的殷切思恋，来人照我笑靥，去者不引我悲痛。复有何求。

｜奥地利维也纳｜中央公墓｜二〇一〇年

与君书

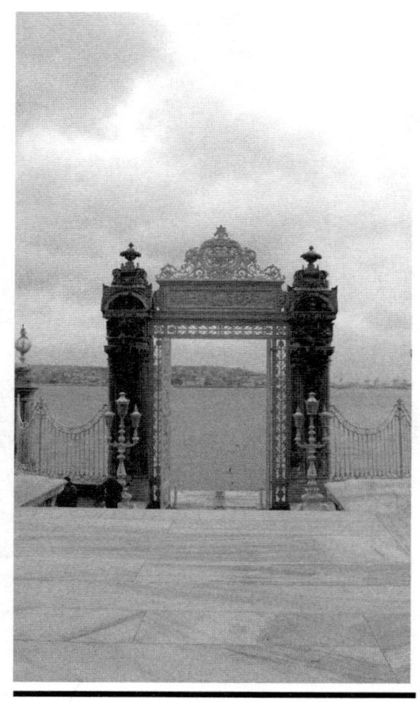

｜土耳其博斯普鲁斯海峡｜多马巴切新皇宫一隅｜二〇〇七年

曾许愿不要输给时间
也不要输给世情
但沦落至这样一个心酸的如今
你我疲倦如旅人
并肩涉过遥遥风景
终于像临了这一扇空门

往后
已无故事
或者
路

但我都记得的

仍记得的

我曾是你的月光
在旧的冬夜
那场拥抱如井

井

于我是水中月
恋其皎净
坠以捞拾虚丽

于你仅仅是井
恋其清凉
驻足汲水解渴

春天渐渐变深的时候，你离我而去了。好像惊雷过后的静寂雨夜，水声喧哗，湿气浑浊，哪里都不可去，只是待在家里，守着黑暗的窗。就在前些天，我在午后昏睡后醒来，看到蜜糖一样温软的阳光轻轻地铺在墙上，这样的寂寞这样的安静，便感到了“草堂春睡醒，窗外日迟迟”这句诗的旷达意味，就在纸上为你写：我们这一生，会遇到多少人，缘分皆朝生暮死脆弱如露水。唯独与你，像是一条生生不息的河流。

我知道我们迟早会输给时间或者世情，但不知道会输得这样的快。

你走之后一切仍旧是这么安静，我靠着药物度过的日夜其实很平淡，或许是因为大痛之后失去知觉，好像一切都没有发生，或者说总觉得这场梦并不真实。只在那一个下午，你狠狠地叫我大名，牢牢地说结束了，我们结束了——我才察觉了久已徘徊在临界点的眼泪。

但我很快平静，很快站起来，擦干脸，像励志歌曲里面写到的水手那样咬着牙低着头，上了岸，并且以活着的姿态。

寻找很多事情来做，上街疾走，整理东西大包大包地搬运到邮政局寄回家，弹琴，看书，打球，跑步，或者仅仅是发呆。时间在我的脚边静静流走我却不再顾盼，每一天对自己说很多遍我会好起来我会好起来，说得多了好像就会变成事实。

记忆整饬而林立，似一座森森丛林，很多时候我是迷途在这记忆树林里的一只鹿，辨不清方向，只因为心里信仰还有日光，身后有猎枪的声声追迫，所以拼命往一个茫然的方向奔跑，偶尔会不慎撞上一棵记忆的树，身心都痛不堪言。

但你我都知道，它们曾经是这样温暖而柔软的快乐。

此前我其实是一个不信的人。不信世界，不信人心，不信永远。虽是这样说着，但我似乎总是隐有对奇迹的期盼。对于这种天真，失落是必然的后果。我以为我隐藏得足够好，可是没有想到连最远的人都知道我那时过得不好。我接受微笑与他们握手，接受他们说的，你要好起来，我们在你身边……

我知道我的感动是真实的，但无奈亦是深刻的。快乐或者成功常常可以共享，而且常常是通过共享而获得。

但每个人的生活历史中都有最不尽如人意的那一面，且无法被分担。这就是为什么世界上会有孤独这种东西存在。

我不能够说我懂得了不爱之慧——我只是感到了疲倦所以想要停止。如顾城所说，人世很长，人生很短，我在中间，应该休息。

无法知道余生还要度过多少不能被分担的漫漫长夜，无法知道我在那些漫漫长夜之后的黎明醒来想起这一段往事来时会是怎样的落寞不堪。我常梦见重逢时刻：在嘈杂的街头，偶遇你与你的爱人孩子，点头微笑的瞬间背后是梦断几十年的人事。若真有那一刻，不论彼时你幸或不幸，我都该多么心酸。

又或许真有那一刻，我早就无知无觉了。

所谓天下没有不散的筵席，我不知道是否我们活着并且相爱，就是为了印证幻灭。

我只能说，这一次我拼力而为没有输给时间，但亦输给了世情。所以来吧，就让我们最后唱一支歌，唱给我们的昨天。因为我们没有料到我们的今日，亦更不会知道明日，所以留住走过的那些快乐罢。我还记得。

如果你还记得。

如此只能做世情与岁月的浪子——在我坐着流浪的夜班火车穿越茫茫黑暗的时刻，听着悲伤情歌眼泪仍然簌簌扑落，我知道我又想起你。这想念廉价而徒劳，却是我所能掌握的最后纪念。

黑暗中车窗如镜，陌生而广大的世间燃烧着灯火，此刻又有多少出悲欢情事正在轮回上演，我默默观望别人的戏码，并就此看到自己的脸，瞳仁里还有你的吻。

我知道你不在了。你不在了。我回过头来，恍如游园惊梦，一番阅览，掩卷熄灯，就此遁入静默。

仅以你消逝的一面，足让我享用一生。

月光下我记得

｜土耳其｜爱琴海岸｜二〇〇七年

After all the highways

and the trains

and the appointments

and the years

you end up worth more dead than alive

1

算是一个可耻的理由：常年的易感与不快乐，竟然是我写作的滥觞。口头倾诉的羞耻与困顿，让我们把文字视作一种错觉载体。

彼时从母亲的大书柜里囫囵看过些版本陈旧的十九世纪英国女作家的作品，着迷于那些花哨的名字背后泛滥的感情与命运，幻想有一盏哽咽的烛台，一间寂寞的阁楼，一支触纸沙沙作声的鹅毛笔，一张木纹华丽的旧书桌。如此，一座常年浸淫在英格兰雾色中，充满了爱与死、等待与寂灭的旧式庄园便可以从一叠传世的手稿中呼之欲出；一辆黑色的马车正艰难地穿过伦敦冬夜里泥泞不堪的巷弄，赶车人的背影幻灭在这悲惨世界里。这些富有电影镜头感的梦境背后，是我略带批判现实主义色彩的年少心迹。

尝试过写日记，却永远因了我心猿意马的天性而落得个虎头蛇尾的下场，最长的也坚持不过一季因了初恋而心情颤抖的夏天。日记中出现过“我知道我是天才”这般放言，而后迅速地被抛却在抽屉深处，直到有些无所事事却精神亢奋的深夜，偷偷起床来打开抽屉一页页翻看。翌日忘记将它收回抽屉，放在桌上被母亲看到，于是当我后来拿着分数不够理想的数学卷子忐忑不安地回到家中的时候，撞上她心绪不佳，便会被犀利地数落一番，她说，狗屁天才，你根本就跟天才沾不上边。

但我仍旧相信，有一个蠢蠢欲动的天才藏在我的躯壳深处，她不是我自己——她谁也不是地正在死去。死在我决意循规蹈矩成长的躯壳中。

十二岁时对母亲说，我想要写一本书。她未置可否地笑笑，说，那你写呀。母亲语气中有轻蔑与不屑。我低头再不说话，因心性敏感，由此记得那个风清月朗的夏夜和一段不愉快的散步。

这么多年过去了，而今我写的东西，无论是书还是文，都不愿意让她看见。第一本书出版之后，我把它们藏进杂物柜，书脊向内。她问及我，说希望可以看看我写的书。

我回答她，我还是希望你不要看。

其实我心里的想法是，等有一天我认为我写得足够好，我才会拿出来献给你。

2

出于对生命的无知和无惧，我们以各种淋漓尽致的姿态度过了少年时代。因不甘于驴拉磨盘般的枯燥生活，我对一切可能的过错都蠢蠢欲动，反叛地不希望永远生活得如此正确。而最初的写作，是以此为主题的莽撞宣泄，仿佛在蓄意怂恿无知的偷窥。

那时我是在学校的大礼堂看《两弹元勋》这种爱国教育纪录片都会看得热泪盈眶的敏性少年，心有天高，不甘于方寸天地，急于探近人间的台前幕后，观望这个花花世界。

《牛虻》里“除了一双白嫩的双手和一身爱花钱的习惯之外，什么本领都没有”的青年亚瑟，在我的版本上是“除了一双会弹琴的双手和一脑袋不切实际的念头之外，什么本事都没有”的学生。唯一擅长的考试项目就是作文。小时候同学都在抱怨五百字太长的时候我可以轻松写到九百字，每次周记都是范文。

当时那是很骄傲的事情，但很多年后市价不再，这成了我唯有的，却最不值钱的原始资本。高中时代，我窘迫到不时幻想有一天可以像《安徒生童话》里用人鱼尾巴换人腿那样，痛点也好，把作文换成一百三十分的数学试卷，或者一个乐于用点、线、面这类纯理性逻辑来理解世界的头脑，这样更好。

我相信拥有那种头脑的人生将是整饬，强硬而富有效率的。它趋向一个实切的幸福未来，并且不会像《了不起的盖茨比》那样在物质幸福中沦落为迷惘的一代。这样的头脑会 “选择生活，选择工作，选择职业，选择家庭。选择他妈的一个大电视。选择洗衣机，汽车，镭射唱机，电动开罐机。选择健康，低卡路里，低糖。选择固定利率房贷。选择起点，选择朋友，选择运动服和皮箱。选择一套他妈的三件套西装……选择DIY，在一个星期天早上，他妈的搞不清自己是谁。选择在沙发上看无聊透顶的节目，往口里塞垃圾食物。选择腐朽……”

可惜文字与思想的优柔，恰好是命运的凶器，常常沿着一个人的灵魂鲜血淋漓地自我解剖下去，更不幸的是这样的牺牲常常在这个冷漠的人世找不到丝毫同情或代偿。

文学什么都不是。
因为文学就是一切。

但这么多年以来，我明白自己其实还是不曾对经历过的迷途产生悔意，亦不曾为我内心的质地过于柔软而感到羞耻。清浅而淡远的生活是殊途同归的期冀，在这样一个终点之前，我抉择了我的路并且敢于承担它的一切。当最终想好了这一切，我发现希望值得等待，而失望值得经历。

令我欣慰的是，事实证明我正在渐渐地明确起来，当另一些人仍为一个实切的幸福感到盲目的时候。

| 土耳其 | 爱琴海落日 | 二〇〇七年

3

昨日的戏剧鉴赏课中，我读到美国著名作家田纳西·威廉的名作《玻璃动物园》的剧本，它描述一个立志闯荡世界的年轻诗人由于生活所迫只能在一家鞋店仓库工作，供养无业的母亲和残疾的姐姐，因理想与现实的落差，他常年处于无限苦闷忧郁中。

有这样一段台词，是他决意背井离乡闯荡世界之前，对一个朋友所说：

“……我心里开始沸腾。我知道自己看上去好像在做梦，可是心里……我的确在沸腾。每一次我捡起一只皮鞋，就禁不住不寒而栗：生命如此短促，我却在这里做这样的活儿！不管生命是什么，我反正知道它不是跟皮鞋打交道的——那是除非穿在旅行者的脚上才有意义的东西！

……你可知道我的理想与我现在在做的有多大差距？！”

另外一部阿瑟·米勒的代表作《推销员之死》中，他说，After all the highways, and the trains, and the appointments, and the years, you end up worth more dead than alive.（在经过了那些公路，火车旅行，约会，和年华之后，你将以死比生更加值得而告终。）

纵使反反复复描述着美国梦的破灭，这些经典剧作仍让我停在这里，因着内心的震动，依稀看到了这个世间的近或远。这个盲目而广大的世界一直在敷衍着我们的存在，但我们却不被允许敷衍这个世界——不是我们不能，而是我们不敢。

还好，有文字刻画这个世界的不可救药，同时创造出另一个更加美好的，指引人类文明的归宿。哪怕永不可能实现。

| 土耳其 | 爱琴海岸 | 二〇〇七年

4

十九岁的时候重读张爱玲的《天才梦》，心生嫉妒，好奇六十多年前的一个十九岁的小女子怎么写得出“生命是一袭华美的袍子，爬满了虱子”这样的语句。但我又依稀相信着，那骄傲得理所当然的流畅语句，影射着一个过早成熟的惊人心智所辐散开来的熠熠光辉。

天才都是做梦的，而做梦的不都是天才。

很久以来的常识是，画家或者作家的命运是相当悲惨的。幼时我喜欢写作文，却也没有真的想成为所谓的，写作者。但后来当我不经意之间已经开始埋头在草稿纸上写字的时候，我极其模糊地隐隐渴望过什么，渴望过它们将会出版，渴望有天这个世界会认得自己，渴望过一种与当下相比不同的生活——不那么正确，又不那么错误，总之就是与现在不同——我承认我曾经是虚荣的。

但那不过是灰飞烟灭的念头，我仍旧很快重新沉浸在让自己无限失落的数学题海以及步步逼近的六月高考中。

而今日，在无数不可思议的契机发生之后，当我走进书店真的就看见自己的书摆在那里的时候，我却充满了否定感，觉得那与自己丝毫无关；也害怕身边的认识我的人与我说起我的书和文，再无比那更尴尬的事情了。

因我已经不希望任何人知道写那些字的人就是我。

5

还记得幼儿园和学前班的时候，妈妈给我订阅了《小朋友》，上面有小孩子写的短文。妈妈也让我来写，然后投了稿。但是几个星期后收到了编辑的信，委婉表示不能发表。

后来小学三年级时文章发表在一本刊物上面，那是第一次得到稿费，七十二元钱。我已经完全忘记自己将它用作什么了（似乎是交给了母亲），为之兴奋了整整一个星期。

高二时第一次拿到一笔数目还比较大的稿费，三千多块。给妈妈买了一件衣服。

自幼家境清贫，当初依赖母亲生活的时候，看到喜欢的东西，从一个文具盒到一件衣服，发自内心地想，等自己挣到钱的时候一定要买。

而真正到了那一天，我却已经不会幼稚到为了一个物件朝思暮想；不会再觉得等有钱了要买辆玛莎拉蒂轿跑；不会，也没有兴趣追求奢侈品。（我一直相信这个世界上，只有艺术与良知这两个东西，才能称作是奢侈品。）若衣食饱暖已经无忧，剩下的生命便应该围绕着更加有意义的主题。如同诗人纪伯伦所说：当睡在天鹅绒华丽温床上的皇帝做的梦并不比一个露宿街头的乞丐做的梦更加甜蜜的时候，我们怎么能对上帝的公平失掉信心呢？

这样的智慧，我们的祖先是这样说的：广厦万间，不过夜宿一床，良田万顷，不过日食三餐。

所以在出版了第一本书之后，用自己挣的钱买了一张机票，送给自己一趟旅行。而在旅行中颇有印象的一件事情，是在伊斯坦布尔的一家古董店看上了好几张二十世纪初寄自欧洲不同国家的旧明信片：发黄的明信片上那忧郁的图景、珍贵邮票，还有用细密画般的华丽圆体字写就的大段留言，真是叫我痴迷。当时我想买六张，总共要花二百四十元人民币。我手里拿着那几张薄薄的旧明信片，觉得太贵，犹豫再三没有买下。但实在太舍不得，所以在店主含意复杂的眼光中，用相机一一拍了下来。

两个月之后，我重新回到伊斯坦布尔。当时我已经想好，我一定要去买那几张旧明信片。但又找回那家店子的时候，我发现我最喜欢的那六张都不见了，被别人买走了。

一瞬间我沮丧至极。

最终我买了其他的几张。虽然依旧很漂亮，但是我仍觉得万分遗憾。

钱的作用，能够让人免去这样的遗憾。但是我反过来想，一个人最悲哀的，莫过于无所不能得吧，如同年老体衰失去味觉，面对一大桌山珍佳肴无动于衷。

节俭对于生命的意义太重要，不是因为它高尚，而是因为它意味着，快乐可以来自很小的事情。一支冰激凌，或者六张本来舍不得买的古董明信片，便足以使你快乐。

在一个物欲横流的世界，快乐是太难买到的东西。

6

我们人类是这样一种生物：会愤怒地砸碎一面诚实的镜子，如果从镜中看到的是一个不愿看到的丑陋模样的话。

而一万个人，就有一万种希望从镜中看到的模样——所以镜子很无辜；所以写作作为一面诚实的镜子，不该为迎合任何一种阅读而存在，也不能成为一种功利和抱负，也不能仅仅是一种诉说。最初的写作也应该是没有确切动机的。我不记得自己最初为什么提起了笔，由此给自己的内心关上了一扇门，打开了另一扇窗。

过去误以为漫无边际的倾诉便是写作，而现在开始知道写作的内涵远远不是如此。它所需求的是一种零度状态，虽然同样是对才华的燃烧。退却了些许的无知轻狂，也开始懂得这是一条艰难漫长的路，为着要有一个纯粹的心境去执笔书写，希望永远退避于名利场，在过眼云烟消散之后，

| 土耳其 | 爱琴海岸 | 二〇〇七年

但且默默梦想将来的作品足够优秀到成为我留给人间的遗产以传世。

回想起来，一切都是自自然然、平平淡淡的事情。与其他一切别无关联。然而这类无法用一个确切标准来判断成功与否的事情，比如写作，在这个消费倾向日益肤浅和俗滥的商业时代，越来越找不到位置。

纪德说：

“我们故事的特色就是没有任何鲜明的轮廓，它所涉及的时间太长，涉及我的一生，那是一出持续不断、隐而不见、秘密的、内容实在的戏剧。”

再见敦刻尔克，再见

｜奥地利维也纳｜中央公墓 二战士兵墓区｜二〇一〇年

一整个无所事事的冬天，阴冷至极的天气挥之不去，这样的怀念晴朗，想起了一些风平浪静的秋天。在草色凄然的辽阔荒原，或者是幽静的绵长海岸，独自顶着温煦的阳光散步，似要感激涕零一般地珍存这一小段被悉心雕刻的时光。

因为睡眠不佳，常常熬到凌晨天亮之前才能睡下。反复听的都是一张电影原声*Atonement*。弦乐之声在夜里慢慢打开，因了每一声起伏都映衬有一个深情的画面，听起来充满了诺言般的伤感质地。

*Atonement*是唯一一部我进电影院去看了四次的影片，若加上DVD观看的次数，大概已经有几十次。这部电影被诟病的是MTV式的拍摄手法，以及多处过于煽情的镜头渲染，但这种挑剔的批评丝毫不会影响我毫无顾忌地表示极爱这部片子。事实上我仍旧停留在热衷华而不实的年龄，谁又能毫无漏洞地证明这样是纯粹的可悲呢？

我喜欢的是片子里那个眼睛颜色接近宝石蓝的英国士兵，深情而忧郁的眉目和嘴角，女主角夜色下翡翠绿的晚礼服长裙，辞切动人的独白。这是一个关于遗憾的故事。

Find you. Love you. Marry you. And live without shame.

富有美感的镜头自然赋予了战争与爱情一种脱离现实的浪漫，但这并不妨碍我们一直试图把两者人性化的期冀。在英伦街角怔怔地目送着巴士离去的时刻，士兵掖着心上人给自己的明信片，独自低声说，我爱你。他的神情与声音有十二分的郑重与隐忍，一下子叫人痛心起来。

真是个美好得只适合（也只可能）存在于电影中的男子。

想起来几缕花落叶败的旧事。在而今这个粗鄙的时代，感情常常是种暗无天日的自残，一出一个愿打一个愿挨的闹剧。因了活得拙陋，内心抵御孤独的壁垒不堪一击，所以反反复复地捡起与放下。但若是熟谙人与人之间的维系有多脆弱和徒然，便会心存对失败结局的默许和平然。

却是这样地艳羡过那些倾其所有付出心力，用感情抵御时间、世情等种种客观的有情人。如履人性污点的薄冰，步步为营，即使落得殊途同归。那些脚步天真、笃定的时年。不切实际的盲信，叫人痛心的善良。

毕竟深情的代价昭然若揭，不是人人都可以拥有知其不可为而为之的一生。

而何年开始，我们沦落至这般的自私而不信，即便给予，也要在千般地确认能够不被辜负之后。爱着他人，只是为了使别人能够更爱自己。旧日情缘不过沦为今日的谈资，这是一种对幸福的自我否定。是的，像一个朋友所说的那样，“若爱得潦草，便等同于在开始的时候便在放弃。”

十六岁时遇到第一个送花的人，让我闭上眼睛说要给我惊喜。我见到满目伤口般暗红的玫瑰，其实早有所料。但我仍旧显露出欣喜，因知道这是我人生中第一束真切的感情，不忍心让其失望。对方执意要将我横抱起来。莽撞而生硬，赤裸直接，有些不是我期盼的样子。那一刻我内心很是惊慌。我在其怀里有一瞬间闭上了眼睛，却与幸福无关。

花朵的华而不实与朝生暮死，果然是爱情最精确的隐喻。难怪成为爱情的图腾。

大抵是因为不爱。是的，一定是的。否则怎会有这么多的不甘，怨悔，以及肮脏的伤害。聚散无常也许是有失偏颇的。分与合在手中其实都有所掌握。只是我们常常遵循的是趋利避害的人性劣根，而非心之所倾。

我想大概世间女子大都逃不过感情这一劫。既然知道在劫难逃，便至少面对得从容漂亮一些，不要留下些许怨悔的借口。

说着天下没有不散的筵席，我们却不愿喝完杯中的酒。

想要再唱一首歌。

再唱一首歌。

为我们没有见证过战争的生命，或者没有见证过伤害的爱情。

关于这部电影的名字，《赎罪》，似乎与《圣经·旧约》中出《埃及记》的“十诫”第九条“不可作假见证陷害人”多多少少有所关联。

电影的名字翻译为《赎罪》，我却总是记成《救赎》，大致相同，却也有微妙差别。这些字眼时下成了很有热度的词语，人们总是利用其抽象的本质，附庸风雅，其实自己也不懂到底什么是所谓救赎。我也不懂。

最初仅仅因为是凯拉·奈特利的影迷，所以对片子翘首期盼。惭愧的是，最初，自电影下载下来之后，有很多次尝试观看，却对电影开头的那些铺垫没有耐心，有三次都在看到十多分钟的时候停了下来，彻底放弃。

没有想到等我某次静下心来看完了电影之后，喜欢得一发不可收拾，之后连续四次进电影院看，在电脑上温习，为度过这个冬天很多情绪参差的夜晚。

被战火点燃和毁灭的生命与爱情似乎就应当是这样的。

一九四〇年六月一日的夜晚，敦刻尔克大撤退的最后一天，身患败血症的士兵，在结束了一场关于往日回忆的梦境之后，睁着眼睛死去，手里紧紧攥着一叠残破的书信与明信片。四个月之后，书信和明信片的另一个主人也死在了躲避空袭的地道里。事实上也没有人会记得——在一九三九年，或者又是一九四〇年——那些浸泡在炮火硝烟里的时日，他这样郑重而深情地对她说起——

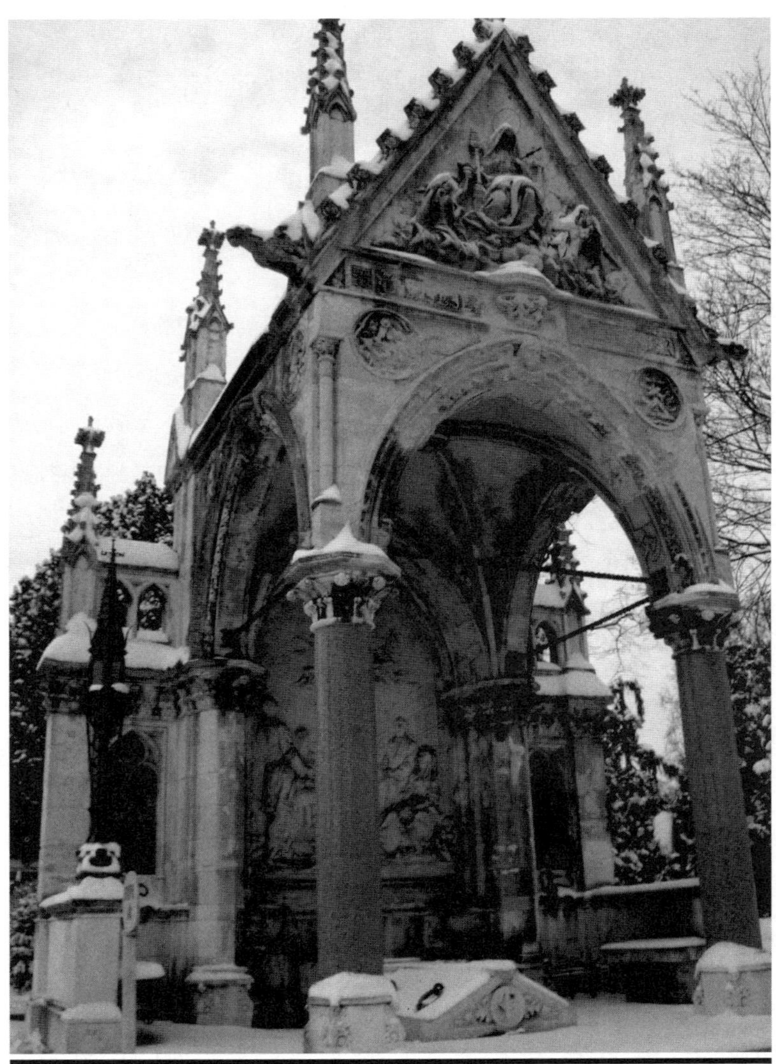

｜奥地利维也纳｜中央公墓｜二〇一〇年

Dearest Cecilia,

The story can resume. The one I had been planning on that evening walk. I can become again the man who once crossed the Surrey Park at dusk, in my best suit, swaggering on the promise of life. The man, who, with the clarity of passion, made love to you in the library.

The story can resume. I will return.

Find you, love you, marry you and live without shame.

这似乎契合简媜所言的，深情若是一桩悲剧，必定以死来句读。

昨日以前的星光[1]

| 天津 | 北疆博物馆侧 | 二〇〇六年

四月

骑车缓缓经过图书馆楼前

惊觉阴影的美丽

原来是阳光下的白花与绿叶

其状之煦悦

如一段默静深情的共舞

---

1 仅做原文摘选

一生中的许多日夜并不欢愉
有人为我们沏了一碗感情深致的热茶
我们却总说来日方长
来日方长
于是将茶碗搁置
待花间一游再回，或他处小酌而归
以为它仍旧会热香扑鼻等在那里
殊不知这这世上回首之间
便是人走茶凉

因此要记得
感情这碗浓茶
一定要趁热喝

用心付出的感情
敌不过时间
世情
但终究有一种对于希望的忠于

但在二十岁的年纪上
不要因为爱情
而错过了一地春熙梨花的美丽阴影

小说
novel

尘　曲

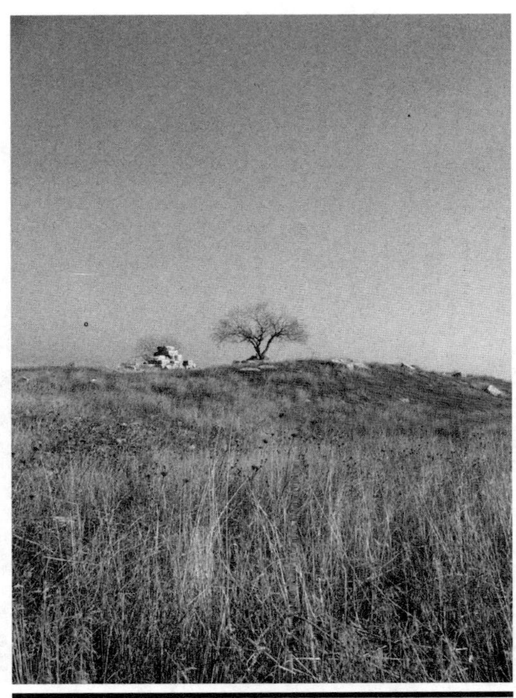

｜土耳其｜安纳托利亚高原｜二〇〇七年

Prologue

毕业回家，班机又活活延误五个多小时，落地时已经快深夜，大雨渐停。起飞前是打过电话的，但我出了机场，爸竟然还没有来。电话过去，又坚持说正出来了，让我别走。

等了一个多小时，他才出现。

雨又开始下了。

远远的爸过来了，走近一看，脸色如蜡，目光如刃，牙关咬得死牢，似在脸上贴了“禁止废话”的警示牌。我连问都不敢了。乖乖上车，一路无言，坐他旁边偷瞟到他被眼泪洇得发红的眼角。我按捺不住，极小心地轻轻问，爸，没事儿吧？

他好像梦游忽然被拽回了魂似的，肩微微一抖，回过神来，但也没说话。开着开着，爸慢慢靠路边停下车来，双手还粘在方向盘上，不动了。我惊讶极了。

车坏了？

爸还是没答我，欠身过来拉开我这边的车屉，摸出了包散发着汽油味的烟，点着了。

彼时入夜已深，停车熄火，爸打开一点儿窗缝抽烟，雨声顿时真实了。雨刷一停，滂沱雨水如渔网般一层层地铺开在挡风玻璃上，带着华灯流光呈菱形纹路流淌下来，很是迷离——我更迷离——同他一起静坐犹如落入枯井等待求助。

直觉：出事儿了吧。

爸抽了一会儿烟，说，小悦啊，一会儿把你送回家，你好好陪陪妈妈。她心情不好。我就不回去了。

我一愣，支支吾吾地：怎，怎……么啦？

他一直没再说话。一支烟抽罢，关上窗，打燃火儿，继续开车了。

那夜我回去后，爸果然开车走了，过家门而不入。

除了他，家里人出奇地齐。

我哥明显哭过。家里给哥介绍的那个女朋友，我叫她乔姐的，也哭着。

我妈问，你爸呢？

走……了，刚才。

她泪未干，又苦又冷地笑了一下，脸色就熄了。

天下所有女人到了那个年纪，遇到有些事儿，总这么笑。

我心里一沉。

乔姐打破沉默，像是有点儿哭累了似的，说，小悦都放假回家了……那我不打扰你们家了，我想回去了。

我妈沉默了一会儿，说，小乔，余年对不住你。我们家对不住你。但还是算伯母求你，这事儿够丢人了，你就……

乔姐说，阿姨我知道了。

我妈没把刚才的话接下去，只冷冷地叫我哥：余年，好好送小乔回家！

哥出门，整个都没看我一眼。

家里像个酒鬼大醉大闹一场，吐得五脏六腑不剩，终于昏睡过去：静得又狼藉又冷清。母亲乏了，拿湿毛巾擦泪，说，你自己收拾收拾，赶紧睡了，有什么都以后再说。就关上了房门。

我回房间偷偷给哥发短信：家里出什么事了？

过了好久，他回我，唉，回来再说吧。

ACT ONE

The Song of Dust

｜土耳其安纳托利亚高原｜路与恋人｜二〇〇七年

Scene I

这日子，要么寡淡得过分，要么辛辣得要命；一旦闹起来，坏事都如约赶集。

那日大雨，家里已经乱套，儿子突然“出柜”，赶上女儿毕业回家我得去接机，算是借口可以逃跑出去喘口气。一路心乱如麻，几乎忘记在开车。女儿在旁边唤我的声音，怯懦极了。

不打算回家，又无处可去，送完孩子想起微青还在住院，便打算去看看她，义无反顾似的，像抛妻弃子，又像逃难。我的意识里竟然是少年时读完《悲惨世界》后唯一记得的一幕，黑夜马车的冉阿让，彼时可曾同样是凌晨落雨？是夜我如流亡之徒，驾车飞驰之快，远闻其声，仿佛是从路面撕揭过去。

从来没有这么深的夜晚，叶微青。从来没有。

Scene II

我与微青的瓜葛分合，太多年了，越发像一处久不愈合的脓疮，时时生长又时时腐烂，总以衣袖遮蔽，无法见人，连自己也不敢触碰，只能躲起来，私下偷偷撩起衣服察看伤势，心焦叹气。就是这样的伤，我有她亦有。

但时间足够长，就足以淡灭往事的热忱。伤已不觉痛，反倒是岁月太浅，我像幼童戏水一样踩过，只湿了脚踝，晾干之后就忘记了那场欢快。离婚后我很多年再没见她——尽管我从前甚至从来不觉得我有天会离开——我从前对她写，谨以此生献给你。

我是真诚的——那时我是真诚的，那时我年轻。

多年后重逢，第一回见到她坐轮椅。

我顿时心酸如蚀，背过脸去，不忍睹。我知道这个女子此生是就此结束了，而今留下的只是这具残缺肉身在细细反刍去日的浮梦美好。类似悲剧本来人间处处在上演，见者不悲，我落泪因为她是犹死而生的女子微青，爱极恨极，我都切肤过了。

我望着她坐于轮椅上憔悴如斯，恍然间想起从前的少女：彼时在大仓库里的联谊演出，她穿了艳红的绸衣绸裤，油黑发亮的大辫子上扎着红红缎结，与知青男伴跳喜儿和大春，那刻何等灿烂生辉，阵阵呼喊湮没了音乐，震耳欲聋，回声摇撼着仓库顶上那盏陈旧的吊灯，轻轻抖落尘埃。

她那样美，我的双目纵然已经燎燃，却不过是台下为之闪动的众人眼光之一。就这么看着她，咽喉仿佛燃烧一般干涩发燥，不由得用力地咽下一口唾液，默默地松了松紧勒的风纪扣。

一切不过是烂俗到不可救药的桥段，我是无名的裘德，却没有一个女子能使我在风雪弥漫的结局里追其背影哭喊“世间夫妻再不比我们更真”。我一直很唯物，只信人有今生无下世，由此我的忘怀渐渐很漠然：

多年以前我们才十六七岁，做了高中同学。那年那天我们照例随学校去乡下劳动，大家都下地干活，我扛着锄头不知不觉走得远了，忽地撞见她在田间野僻处蹲着，一脸的青白面色……我惊慌得不知所措，僵在她视线里就这么站着，走也不是，不走也不是。

叶微青是学校里人尽皆知的美丽姑娘，又出自干部家庭，心高气傲。在那个年代名字就起得这么诗意，可见一斑。但“文革”之后她父亲不堪摧残还未等到翻身就病死，家里除了她只有一弟一母，算是清贫，此乃后话。

那天在田地里，她就这么蹲着，狠狠地瞪着我，脸色越发难看，后来又咬咬牙站起来，一言不发地从我身边走过去。我看着她的背影，裙子上都是血，我竟也什么都不懂，惊慌地大喊道，微青！你裙子上有血！

未曾想到她顿了顿，转身又愤愤地朝我折返回来，又羞又赧的气急表情，扬手欲掌掴我，又碍于耳光太过分而没下手，只是用力推搡了我一把，捂着裙子快步跑开。

就这样我因为缺乏生理常识而得罪了我的初恋，那还是我们同班这么久以来，头一次单独碰面和头一次对话。我不晓得血弄脏了裙子对女孩儿来讲是多丢脸的事情——我连那血是什么都不知道——于是在后来的日子里，我这个人对她而言就是一个比那摊裙子上的血更脏更羞辱的存在，她的目光从来都是直接掠过我，真是连一次余光都没有。

后来我对她提起这件事情，她想了很久才想起来，然后说，我只觉得我那时特别不想见到你，但我不记得是为什么。原来如此。

这个后来，是多少年后了？

少年如我，恋她恋得快成了瘾症，夜夜在日记里写信，长篇累牍的情话，简直像自渎般隐秘而上瘾，又掖着藏着，不想有一日还是被父亲发现，啪啪的两记耳光正反各一手，我像个不倒翁晃了晃又被砸稳了立着，隐隐约约听到有咆哮之声在嗡嗡作响：你个狗日的畜生！！！

我是狗日的，谁是狗？我在心里犯着嘀咕。

那两记耳光之后不久，世界就忽地乱了。

一夜间就没书可读了，大字报铺天盖地，学校砸得稀烂，教室门窗玻璃碎了一地，荒如废墟。十六七岁，我们像精力充沛却无猎物的野兽，终日惶惶在大街上游荡，手里除了大把无所事事的青春，一无所有。

齐明的父亲是军官，他被安排去当兵，躲过了下乡。后来才知道这样的安排有多聪明。但任何时代都如一间房子，墙为大多数人所设，门为少数人而设。我和微青在一年后下了乡，一起挤上火车的，还有多少同窗伙伴？不记得了，太挤了，车上太挤了……像攒动的蚁群。个个都穿着一身不知从哪儿捞来的土绿军装，得意忘形——即使回忆起来，哪来一丝值得得意的理由。

那些青翠的年轻脸孔，就这么手舞足蹈地笑着跳着陷进了时之流沙，带着无知的欢快消失在这灭顶之灾里，安乐死亦不过如此了罢。如此一来任何一种表情都不再具备个人情感——我们谁都不知道今生就是这样开始的，开始得如此狼藉如此懵懂，天涯四散，一去是多少年。

我所要说的，与时代无关。

无，关，时，代。

时代没有错，错的是个人的命运。

不，命运更没有错。

……无人对错，没有真假。

我们的时代，只有虚实。

彼时我不分虚实，深陷爱情，苦其心志劳其筋骨，可谓是一叶障目：投入得连时代与命运也丝毫无暇关心了。

我想：微青，你我之间如七律古诗，你挥笔定了首联，我得削砍了我的意志以求对仗你的平仄、意境，末了还要为你押韵。

最可悲的莫过于，往后的颔联、颈联……尾联，你却再不关注我谱写了什么。

Scene III

容我从这一场开始偷换人称吧（往事历历实在栩栩如生），并且省略掉那些呐喊和彷徨：那年代谁不是一把汗水一把血泪。

不能省略的是：谁也不能不信红颜薄命，你可知你实在过分美丽了。本来这也不足侵蚀你的造化，但你生性是放肆如风的野马，在他人视线中驰骋而过，如闪电刺破夜空，此生再难忘怀。至少于我是如此的。生产队里的知青有好些熟脸，无外乎旧日校友，街坊大院邻居，但一开始都叫不出名字，只有我是你同班同学。大概是因为人生地不熟，你就原谅了我昔日冒犯，和我渐渐熟络起来。知青的生活要多无聊就有多无聊，下地磨洋工，除了打架就是看打架，你简直是我们的一抹黑暗之光。

一开始你也看上去很快活，除了想家之外，常跟我们混在一起喝酒，唱歌，偷萝卜，享受小伙子为你殷勤，吃醋，逞强或者打架……后来从什么时候起我也不记得了，很快你好像病了一样，整个人很冷很阴，也不上工，成日卧床休息。

人们说你病了，但我来看你，你又什么都不说。我们都不知道你得了什么病。

来照看你的人可真是多，自己的份粮都抠出来煮粥端给你。我的大概算不得什么……罢了……于我个人而言，所有的周折和动荡都值得省略，在那一天面前。我至今不明白为什么我偏偏要挑那一个晚上找生产队长说返城，更可恨的是为什么那狗娘养的忘了这回事？

队长在强奸你，本来是你的命运，与我无关，但我一脚跨进了那个破门撞到这幕——（老天哇他竟然就猴急到没插门！）——从此我们的命运就不得不被改写。

推开门，我一惊，他一吓，说了什么谁都想不出：“看……看……啥？你也要来？”

你眼里是空的，无泪无光，可能禽兽嘴里的恶臭令你恶心，你的头一直偏向墙的那边。

换作今日，无非是我操起条凳就砸他个脑袋开花，但那一年我十七岁，你十七岁。我是刚刚被原谅了缺乏生理常识而犯不敬的少年，我张大了嘴，几乎不知道他在对你做什么事情。当然一定是很不好很不好的事情，但究竟有多不好我是不知道的。我只是张大了嘴巴，比你更羞愧更紧张更愤恨更害怕……却不知所措，好像被强奸的是我自己。

我的脚被粘在了地上动弹不得，我该做什么？不晓得哇。

队长慌慌张张从你双腿间抽身下来，一边拉着裤腰带一边狠狠掐着我的胳膊把我拽过来，说：“你们不许动！给我待在这里！”

我们反倒成了婊子和嫖客，卖淫嫖娼被抓了现行，队长只差没把我捆起来。他嘴里日妈捣娘地碎碎骂着，操起一根条凳作要打人状，把我逼到墙角，啪地竖着落下条凳，把我绷直了卡在土墙与条凳之间。我愣成木头桩子，而你仍躺在那张桌子上，只是蜷缩了起来像虾米一样侧身过去……我看不见你的脸了，微青，只是你肩膀颤抖着，令我揪心。

“你看啥看你！你说，你要找她来干啥？监……监视我？”

“我……我……队长，我来找你来说返……”我又改口，吞下了“返城”二字，“找你汇报思想……”末了我又添加了一句，“我前天跟你说了是今天晚上的……”

队长脸绿了，理亏又气急，啪地给了我脑袋一掌，“说了的说啥说啥？谁他妈说今晚的？你个狗日的闯进来，想干啥？要造反？”他嘴太碎了，啰啰唆唆一直骂……骂了什么全不记得了，只晓得他一遍又一遍，顶着我的鼻子说，你要是敢说出去我阉你全家，你一辈子别想返城……

队长又羞又苦恼，拿手里这一对“婊子嫖客”不知如何处置……又不能杀又不能剐，威胁了半天已是深夜，我困得想睡，他又一个耳光把我扇醒了，骂骂咧咧道，滚回去！记着，要敢往外说……你们狗男女……叫你哭爹喊娘！

Scene IV

那夜月色如练，我把你送回住处，一路你走在前，我在后面诚惶诚恐，又不敢超前又不敢落后，其情其境真像两个孤魂结伴寻尸。

走了一大半，见着茅屋如豆的灯火，你不走了，哇的一声痛哭起来，几乎应声倒地垮掉，坐在泥地上不起来，只是痛哭。

我吓傻，又揪心，悄悄靠近你蹲下来。

少年的我，一句话都没有说，也不知要说什么：就这么蹲在你身旁，后来蹲到双腿彻底麻了，也就垮坐在地上，近在咫尺，整整等你哭了将近一个时辰。

我已经浑身都是蚊子叮咬的包了，估计你也是。

你挠着蚊虫叮痒处，涕泪早已弄了整张脸，混着汗水，披头散发，真是女鬼，再无更狼狈的时相了。你哭得彻底累了，就止了眼泪，终于静了静，勉强站起来，一瘸一拐地，回了屋——我仍是陪着的。

我们此生交集始于是夜……是夜你我却无一句言语，一丝碰触。

是否因为我一再地，一再——从见证你的初潮起——就不断见证你人生中一次次最为落难最为鄙陋的狼狈时刻——因此注定这孽缘无从了清？

而又正因如此，你也就无法，真的是无法爱上我：我这个意味着你全部不堪回首之事的代名词。

翌日你继续生病，不上工。但现在天知地知，你知我知队长知。

唉，很多年之后你说，有一天你被队长找去说要谈谈思想工作。队长垂涎佯问，有什么心里话，都说出来，他做主。你很想家，说着说着就掉了眼泪，哭啜着：我想返城，我想回家。

我能够想象你当时的样子该有多美多楚楚可怜，多让男人躁急难忍。就这样，他说，哎呀姑娘家不要哭啊我可以让你返城啊我可以让你回家啊……

我撞见的早就不是他干的第一次了。

后来我实在是穿够了小鞋，队长无处不恐吓我整我，要我关紧嘴巴。我竟也真的就噤若寒蝉……若干年后你还是那么恨我窝囊……但那时也许我的懦弱又是冥冥之中最对的选择了罢，毕竟这等事情若闹得人尽皆知，对你于事无补。

然后是你的身孕终于藏不住了。

怎么办？队长给我们指了路（也不知道以他的智商这是多少个晚上冥思苦想憋出来的结果）：第一，想回城，生死大权在我这里，只看你们配合与否；第二，配合即是，余生，你们自己想办法把孩子搞掉，搞不掉，这个孩子就是你干出来的，你得画押。搞掉孩子，画了押，我就给你们开绿灯，病退回城，从此井水不犯河水。

不配合，那就看看谁丢得起脸，谁丢不起——老子脸皮反正比你们脚底还厚。

Scene V

找地方做人流？我连什么叫人流都不知道。

没有医院，没有诊所，就算是有，那年代也不可能有人敢给做。我们在乡镇上赶集，看了一间诊所，赤脚医生一副碰到人瘟似的恶相，拒理；又问了几个郎中，瞎子跛子之类，我想还是算了，送过去是有去无回吧。

空手而归，我们回去找队长。

咋回来了？

没找到医院……

哪有医院，找个卫生所不就解决了嘛。

卫生所的医生不肯。

你们还要我咋地？难不成我给你做？

……

那天我又陪你回屋。山路曲径，银月皎白。一路还是无言，你亦没泪可哭了。

过了几天队长在田里找到我，把我拉到了边上。

我还没回过神，他就塞给我几大包草药，说，回去把这个给她吃，每天三次。

我就在你的茅屋里熬药，喂你喝了。我觉得我简直是在下毒谋杀你，端着药碗双手一直哆嗦。你看我一眼，没有说什么，喝得很顺从。从第一天晚上深夜起，你就开始喊痛。我不敢走，在地上睡着了。第二天继续喂你吃药，傍晚，继续痛，开始出血。

第三天，喂你吃完早晨的那一服，你哭，抓着我的手腕，说，你杀了我吧我不想再吃药了我痛死了快……你喊得声音都哑了，静了一阵。下午的时候，又开始呻吟，越来越厉害，痛得打滚，草席渐渐浸透了血……好黑的血。

脸色煞白，你痛，大声哭，喊，我不行了，救救我。

我六神无主，飞奔去叫队长，队长脸色也白了，压低声音咆哮：猪猡！找我干啥？去救人啊！

烈日毒辣，我背着你跑了三里路……跑到了卫生所，哐当一声就撞了进去，虚得腿软跪下，只剩一口气："医生，快救人……"

我想我是中暑了，跪在地上两眼全黑，你仍压在我背上……一会儿你是被医生抱起来了吗？我身上变轻了。

那生产队的赤脚医生吓得语无伦次……我昏昏之中见他给你挂了个吊瓶，在病床上架起你的腿，满头大汗地鼓捣……发黄的白床单很快被黑色的血慢慢浸透，沿着木头床腿往下滴。

你痛。

痛得声嘶力竭地哭号，声音回荡在方寸咫尺的小诊所里，我就在白帘子外面听你惨叫，听得我瑟瑟发抖，帘子遮住你大半身，我只看到你的小腿与脚趾都在痉挛。

你的惨叫声，像一把铁耙刺入了我的腹腔，不停地直捣血肉肝肠。

惨叫了一个下午，你渐渐有气无力，我也听乏了，五脏六腑早已被铁耙绞成了血泥，没了知觉。窗外是日落西山，残阳赭红……如同你失血浸透了西天。好静，什么时候变得这么静，我以为你死了。

赤脚医生满手鲜血脸色煞白，还在手忙脚乱，队长焦躁地站起来撩开帘子走进去，问，死没？

医生说，还没死。

队长回头看我一眼，略思索，即开始放开嗓子大骂：余生你个狗日的造反派，你看你干的好事！！人命！！人家人命差点没了你晓得不？？你个鸟干的好事，强奸犯……

我呆呆坐在条凳上，什么都听不见了……但见青山莽莽，夕阳酽酽十八里红，醉满西天，如此寂静，寂静如血。

Scene VI

真是命大，你还活着。一直发烧，出血不止。

照顾你的时日，我傍晚去砍柴，一刀劈下去，砍到了自己小腿。瞬间我痛得眼前一黑，叫也叫不出来，就垮坐下去，睁开眼再看时，血已汩汩，一条腿都红了。我用镰刀刮下竹子的皮茸，敷在伤口上止血，又用牙齿撕下袖子，紧紧勒住伤口，坐在地上歇了一阵。

痛麻了，月升空，近闻虫鸣，远闻兽啸，我想我得回去了。撑着爬起来，舍不得那一摞上好的干柴：我腿伤了更不能砍柴，你家没火怎么办？于是我便挑起柴来，咬着牙，回了你的茅屋。

我的双肩落满银色月华，挑着柴一瘸一拐，忍受阵阵痛袭，牙根都咬得酸疼。一路上都有点想哭。泪噙着，我已不知道我为何想哭。

当夜我回来还给你做了玉米糊，你睡了，我伤口痛得难忍，开始发烧。我想都是流血伤，可能看病开了药，药还可以给你吃。

我请假说去县医院，队长破天荒说医院他有人，要跟我一起去。他把我领到一个医生那里，那医生拿几小块锡箔让我贴在背上，拍了片子，开了一张肺结核的诊断证明。

开完证明队长说，我们两清了，走。

我说，等下，我还没有看病……

队长扔了一句，那你自个儿回去。

破伤风，要死人的，打盘尼西林。

医生，药开了我留着，我回去打。

要做皮试的，不做皮试打死人了怎么办？

什么是皮试？

我也不懂，做完皮试没事，就打了一针。医生见我不过敏，把剩下的针药给了我。

微青，队上的赤脚医生来给你打针，来了一次，不想再跑第二次，说，我教你扎针。我在自己身上扎了几次，学会了就开始给你打针了。想来后怕，皮试也没做过，你要是青霉素过敏死了怎么办？

你还是没死，死的仅仅是我的日记，它赫然被折断在送你回茅屋的第一夜，再没写过。那夜之前的一切自语自怜或者表意抒情，在后来发生的事情面前，显得多么无力与可笑。

Scene VII

丑闻一则：余生和女青年乱搞男女关系，两人互相传染了结核病，污染党组织，扰乱生产，是可忍孰不可忍。

秋收过后，与你一道狼狈返城。你的父亲母亲第一次找上门来，是提着拳头冲我砸过来的。我抱头但不躲，咬牙未吭声，我的父亲母亲站在旁边看愣了，好像旁观一场械斗，我也不是他们儿子。

直到你家人都走了，父亲还愣着，一直不相信，只是抖着声音问：你，给我交代……

而你的父亲第二次单独上门来，扑通朝我跪下了，跪地不起，老泪纵横……泣不成声。

就凭这个，我还是感恩你的。你终于对父母说了实情……我为自己陡生一身悲壮之感。

但后来不久你父亲也就死了。微青，你不晓得你父亲跪着谢我又恳求我原谅，连他病死前也托我娶了你吧好好待你……这些你是不知道的，我估计你知道了也照样不肯与我结婚，那时。

你很快与那个解放军谈恋爱，大概是想改变出身。解放军后来被调去哪里了，我也不知道。恋爱四年，相见不多，他还以为你是处女，等你在结婚前夕向他坦白了隐藏多年的往事，事情便再次逃逸了你的那厢情愿：未婚夫听后火冒三丈离你而去，再无音讯。

于是四年后你又狼狈地回来，好似已经旅世一遭，人间风景一览无余，不过如此，遂田园归，与我结婚。

我娶你那夜，母亲哭了，父亲终于不认我了。微青。

Scene VIII

爱情是狗娘。婚姻是狗。狗长大也不认娘。

婚礼真是凄惨，每个人都揣着心底的一块秤砣，铅黑色沉沉的，喜酒比黄连还苦。少年的我在日记里写过要娶你吗？若有，那彼时之愿兑现此景，便是对幻灭的精确注解。

结婚好久了，我都无法与你同房行事，你静静背对我侧身躺着，入睡与否不得而知，但这个姿势足以再三令我噩梦般地想起那张桌子上你的侧影，真是欲哭无泪，心情全无。我从未主动过，也许你因此还会觉得我窝囊，但你可曾想过，当年你在诊室的惨叫，如铁耙将我五脏六腑都绞成了血泥，我没阳痿已经是他妈的万幸。

后来有次夜里吃饭，是什么缘故已忘了，我喝了好多白酒，脑子燃烧起来，但未醉倒，想的满满都是你，我，我们……往事历历。这些年日子还有谁比我们活得更操蛋，我受不了了，遂啪的一声撂了筷子，全然不顾酒席上人们还在放肆，站起身就踉跄离开，刮倒了椅子。

人群的兴致短暂地微跌一下，很快就不理会我的离场，我得以这样冲回家，幸好你在，幸好你在，我紧紧抱你，紧紧地，满脸都是泪。

你没有多说什么，依稀还抚了我的发，拭我的泪，这温柔亦罪，一如我的粗暴，被惩罚的是身体。你很沉默，也许于你而言这只不过是一种复习。

你落下过病根，怀着余年的时候一直这不对那不对，还好有惊无险。我们的出身加上头上的丑闻，过得好辛苦，父亲去世后我顶替他在工厂工作，你在工会打杂，偶尔演出跳舞。微薄的收入带来微薄的生活，导致更微薄的命运。

儿子出生了，我们的孩子。他长得真是太像你，将来必定是清俊修长的美男子，我很笃信。

孩子也曾经极其短暂地，给我们增添了一抹亮色，三天还是五天，你我温和相待，轻声细语生怕吵到了他。原来我们也快乐过温存过的。但是丑恶的生活真相又很快铺天盖地席卷而来……你难道不觉得我们吵架太多了吗？锅碗瓢盆柴米油盐的日子，全天下老百姓不都这么过，我不知道你哪里来那么大的火气，日日与我吵架。两个人像杀得面红耳赤的斗鸡，你累了，对我哭道，你叫我怎么对你有感情，我一看到你我就想起那些破事儿……

是呀，我多懊悔我总在你的不堪中出现；你一旦直面我，就得被迫直面那些历历往事，我还是那个提醒你裙子上有经血的傻子，叫你恨不得洗干净，恨不得藏起来，恨不得不见。

吵架不过瘾，开始闹出走。那次你砸了所有触手而及的东西，连余年的小碗都不放过。他一直在大哭，你一直在大骂，令我仿佛复又听到那诊所的惨叫声，尖锐又刺痛。五脏六腑都在噪声中疼起来了，真是忍无可忍，血往上涌，我狂吼：都他妈的给我闭嘴！！劈手两记耳光，你被我掴到了房间一角，嘴巴闭上了，捂着脸爬不起来，我连掀带摔地把剩下的家什通通砸碎，像头暴怒的野兽，一边毁坏一边大吼，“我操你大爷的别以为是我舍不得，这个家我他妈说不要就不要了，要砸就全砸了！！！你个要遭报应的贱货……”

如同洪荒过后的世界末日，最后一块碎瓷片儿在地上跳了两声，天下太平，终于静了——我终于落得耳根清静了——连余年都吓得止住了哭声。

未曾想到说不要就不要了的，是你。末日过后你负气出走，出走是小孩才做的事情啊，你我早不是孩子了，你怎么就能说走就走。

你这是第一次出走，一去半年，躲到了娘家。气消了，就回来了。还是我去找的你。

日子从断裂处继续，我们开始玩起狼来了的游戏。

仍然吵架，吵到气急，你的出走屡屡发生，我一开始每每都很惊慌，次数多了，就见怪不怪了。已经懒得再想你是对我不满，还是另有新欢，你还是那匹野马，关不住的。游戏玩过太多次，你乏了我疲了，直到有一天狼真的来了：

你上白班，我值晚班，下午睡醒起来我在家略作收拾，偶然发现齐明的来信，是已经阅过的，信封上他还注的是你的别名。我直觉你们不对劲，犹豫了下，还是打开来，看完，不由得冷冷苦笑，又有点天旋地转，就地颓然枯坐，抽烟，等你回来审讯。

你回来，房间里未开灯，黑影站起来，啪地把信纸往你脸上一扔：怎么解释？

我们复又开始吵，吵了一个时辰，我头痛欲裂，该上夜班了，我不想上班，但要出去透透气，便摔门走了。我坐车间里一直心里不踏实，凌晨回来，家里是空的，余年都被你抱走了，我看着桌上撕碎的结婚证书，纸屑纷纷，顿时明白大势已去……我直发抖。你连一个字都不肯留。一个字都不肯留哇，微青。

你该不会以为只要撕碎了往事，记忆就可以抛撒一空罢。

我怨怒交加，咒你可千万别回来，否则我难保不会操刀捅你。

但一个星期之后你回来，像一个规矩的新房客，与我客客气气说话，收拾东西。我也没想杀你，或者说忘了想要杀你。我以为有希望。按捺着不作声，沉默不言看着你背影，你收拾一件件东西，从衣服到信件，手脚麻利一如好戏散场之后收拾道具的魔术师。

我眼前晃过那个田野间羞赧气急并推搡我的少女，月色皎白的山路，残阳如血的黄昏……岁月深处的你与我。

我就这样徒劳握着大把一无是处的回忆，坍塌颓坐，热泪如倾。

梦呓一般唤你，微青。

……微青。

你未听见，抑或不予理会。我固执地叫你，微青，微青。你终于转过脸来，神色不耐，冷冷看我。

微青……余年还小，你不能走。

你吝啬极了连冷漠都要收回，转身继续收拾不再理我。

我失去控制，大喊："你为什么要走，你为什么为什么……"我扑过去抱紧你，又抓着你的肩膊，狠狠地摇撼你，狠狠地，像是要从你这具沉默的签筒里摇出一根卜运的卦签，看看我们余生，是否还有继续。

我累了，你比烈士更刚毅，用沉默为你内心的真相封缄。

我求你不成，跌坐，几近自言自语："这么多年了，你在我面前这么多事情……你就这么舍得我……"

复又卑微求你，"微青……微青，我对你没有功劳也有苦劳，你怎么舍得走……齐明他不会像我这样待你的，不信你去过过日子就知道了……"

你抬眼看我，还是无话，只用眼神问我，那又如何，你要如何？

我摇头，摇头，无可奈何地自言自语：

没什么，没什么了……我只是有点儿替你可惜，你没我了。

你真的没我了。

Scene IX

离婚后，余年也判给了你。六年之间我过着一个人的日子。六年。厂里女同事传我是痴情种，男同事传我是性变态。可能人们认为六年单身的男人，不是痴情种，就是性变态。

自渎解决还好吧，不算性变态。但我真的不是为你痴情，真的不是，起码不全是。我只不过是好想耳根清静地过日子。半辈子不到，我简直把该不该听的噪声都听完了，女的惨叫，孩子哭号，老婆咒骂，摔盆砸碗，连工作的车间天天也是噪音轰鸣……这年头真是没有一天的安宁。

我天天耳鸣得厉害，只想回家之后能够清清静静。

如此清静了六年，后来有天余年突然来我们的老房子找我。

我瞠目结舌地看着眼前的这个小男孩，八岁，他长这么高了，我差点没认出来。他拽我，去看你。你住在厂招待所里，陪同的是你弟弟。

你静坐在轮椅上，与我四目相对。你我咫尺之间，横置着一截六年时光，仿如一根弹簧，被重逢倏地猛力压缩，瞬间轻易抵达昨日。

时光隧道般的幻觉，你我面面相觑，我脑中一片空白，回过神来，这弹簧又弹回原形——你我之间毕竟还是隔着六年光阴。

发生了什么？

你弟弟说，脑子里面先天性的瘤子，以前毫无影响也没有察觉，长大了它就压迫了神经，下半身瘫痪，全无知觉。

我脑子里嗡的一声，差点背过脸去，不忍睹。

看来齐明也不容易……终于盼来了你抛家携子离婚奔他，刚刚甜蜜了半年不到，你就开始发病。剩下整整六年，疲于奔波中药铺，医院，手术室，大病房。

微青啊，久病无孝子，何况露水夫妻。你们的瓜葛近六年，已经够意思了。

我重逢你坐于轮椅，那一刻险些背过脸去不忍睹，但瞬间的震惊之后，我这样真切地感到了幸灾乐祸……真正是幸灾乐祸地……在头脑中轻易就勾勒出了你们的日子：原来并不比我们的好，甚至不比我一个人的好。我是凡人，所以我备感心酸如蚀，又幸灾乐祸。你们落得这个下场真是因果，报应。

但见着余年，我一下子就心软了。他湖蓝色的眼睛里除了无辜还是无辜，像是一条被钓上了岸的小金鱼，嘴巴一张一翕，陆上世界令他困惑又窒息。

这些年他目睹了什么？他度过了怎样的童年？齐明有没有给他一个父亲的怀抱？生日礼物可曾窝心？学校生活可曾快乐？

我不敢再想，心如刀割。

我蹲下身，伸出双臂揽过我的儿子，牢牢地望着他，像是要把逝去的阔别都望回来。余年闪着星星一样的眼睛看着我，聪慧又安静。我强忍一股泪盈之酸，不由得渐渐将他抱紧，祈愿化身为水，还给他一个金色池塘。

Scene X

换回那个陌生的人称吧，你不再是你了。你不再是“叶微青”三个字。

微青的目光又冷又愣，空空如也。我知道这个女子此生是就此结束了，而今留下的只是这具残缺肉身在细细反刍去日的浮梦美好，若曾几何时也有过的话。

我的生活陡然换了天地，顺其自然地又照顾起妻儿来，老好人的样子，然而我的善良是由于无可选择。

照顾了半年，后来有天晚上，余年在书桌边乖乖地做作业，我在为微青洗脚。我端着她湿淋淋的脚——那双脚我到现在都记得，真是好看，细长白净，安安分分的样子，无一丝旅世的颠簸或风尘。

我忽然涌起一阵势不可挡的酸楚柔情，竟然脱口而出：我们复婚吧。她愣了一下，牢牢地看着我，后来点了头，好像我们都只不过是在商量晚饭吃面条还是吃饺子。

第二天我推着她出门去民政局登记，就这样我们又一次结婚了。那天很冷，刮风，我替她带了羊绒帽子出门，起风时候给她戴上，把鬓发一丝丝掖进帽檐，又站在背后抚了抚她的脸。微青默默不言，低着头很顺从，如同一个自闭症儿童。而今她的确更像我的孩子了……而非我的妻子。

我从没有见过这样的微青，因突如其来的落魄而不得不对命运顺从——如折蹄的骏马不再嘶鸣奔驰，伏枥等死。我抚着她的发犹如抚摸骏马曾飞扬在风中的鬃毛，生命的无能令我心里一阵无言酸楚。我推着她慢慢走，好像眼前便是我们的后半生，一路茫茫，而我亦不知道这段姻缘是何宿命，抬头一眼就看到云层铅灰色，低低的仿佛要落到肩上……异常萧瑟。后来我们又去照相馆，一路依然沉默，沉默到连结婚照上两个人都没有笑。

婚礼是三个月之后操办的，我说服她花了三个月，她才同意办一个小小的同学会式的婚礼，请几个老朋友来聚聚。我本来是不在乎什么婚礼不婚礼的，可那个时候我看她实在是太寂寞了，一个人对着窗户喃喃自语，也听不清在絮叨些什么，总之让人担心。我说了很久，她才同意办个婚礼，可是当天早晨她又死活不肯出门了，我真是受够了阴晴不定的折腾，一怒起来，我们又开始吵架，一直吵架，吵到中午。她像疯了一样，摇着轮椅在房间里转来转去，撞翻好多东西，挥手又摔又砸。

我内心感觉到撕裂之痛，咬着牙铁青着脸，随手抓了件衣服出门去餐厅。

那是我复婚以来头一次抛下她离开。在饭馆，老同学都刷刷到齐，见不到微青，问我她怎么没有来，我说不出话，端起酒杯就跟大家喝酒……一杯一杯不停，喉咙和胃都在烧，酒精灼得我痛，热泪噙在眼眶里，像酒在杯中晃，我就这么通红着双眼还在灌。老同学们拉着我，拍我的脸，你喝醉了，你喝醉了。

世上痴情一时大有人在，但无人可以痴情一世。无人可以。人言：我自倾杯，君且随意——最深情的话莫过如此了。

而我的感情倾杯至此，所剩无多，余下几滴浑浊沉淀，全是恨。

等恨也挥发至净，她与我的缘分就真的该灭了。

那是我与微青最后的日子了，共度一年，度日如年，所以好像压在塔底三百年，不见天日三百年。短短一年如熬了几辈子，几辈子不见天日，太难挨了。

她把一个从健康沦为残疾的人所能遭遇的全部孤独，怨愤，恐惧，烦躁，都统统交予我……想必也如此交予过齐明。太沉了……我不堪重负，也无心再肩负：

别忘记我早就说过，我只是有点儿替你可惜，你没我了。真的没了。

我非情圣，也不是西西弗斯，爱情也担当不起这等生命中不能承受之重，何况我们已经没了爱情。复婚是我一时心酸难忍脱口而出，但离婚是我认认真真提出来的。

受够了。她这一次是被命运强奸，我再不想牵涉进去了。

那次终于寻到了时机，我暴力打断她的絮叨，止住她继续：“好了，好了，不跟你吵了，你清静点儿，听我说，你听我说，余年交给我养大。我房子给你，再给你找个保姆。我们离婚，自己过自己的日子。我认真的。”

Scene XI

她后来的故事我不再清楚，亦无从知悉。

数年来我定时把生活费交给余年，让他去看望母亲。但我不去了。我不想再见她了。我知道这样对余年来说也许很残忍。但有多残忍，我也顾不上了。其实在很多事情面前，我承认男人是比女人更害怕的。我们男人不喜欢做弱者——这里所谓弱者，是指被噩运捕捉而后不得不与其携手苟活的人——而在噩运莅临之前只要跑得够快，就可以避免被称为弱者：男人体健善跑，所以噩运面前逃得比较快。

我带着余年过单亲家庭生活，直到陈悦出现。好素好平凡的女子，如一张陈旧的床单，已洗得褪色而光滑，纤维深处浸透着一个家的独有气味，日日夜夜，那气息都铺开在固定位置，等你归来。

她刚结婚不久丈夫就早逝，没有孩子。都在一个单位，是厂医院的儿科医生，脸熟，也止于脸熟。余年经常生病，我便不得不经常找她，一来二往便熟悉了彼此。她对我默默有意，但我好累，但凡想到要你一言我一语地活生生把一段恋爱给谈出来，就觉得怕，实在是太累人了。我真的无心也无力奉陪，遂任她情愫自生自灭。

那年春节，大年初一的，余年又发烧了，团聚过年的夜晚，我顶着一街万家灯火，踩着遍地鞭炮，匆匆抱孩子去厂医院打吊瓶。陈悦单身，就不幸经常被安排去值这种班，所以那天又是她照看我们父子。

我在儿子旁边的病床上，累得昏睡过去，陈悦默默陪了我们一宿，给儿子换吊瓶，喂药，倒水，拧毛巾冷敷，连我身上的被子也是她牵来盖上的。

天亮我才醒来，儿子还在沉睡。模模糊糊的视野，清静无人的雪白病房，陈悦坐守我们父子，见我醒来，赠我静静一笑。

彼时应景令我多年难以忘怀：女子温净如晨，秀丽如菊，我忽然好想，好想，再要一个妻。真真正正的妻。

我的第二个孩子出生，女儿余悦。余年已成少年，我全副心思都转扑到了小悦身上。虽然那时又逢改革新制，下岗潮起，人心惶惶，但陈悦已提前转去了大医院，我也办了提前退休，手里还有本事，去朋友的地方做汽修机械师，虽是蓝领，收入却很好。日子渐渐好起来，我整个人从心念到生活，都终于有了人到中年应有的井然。

好多事情好多人，都淡入了光阴。我不复记忆，亦没了牵挂。

又隔些年，有天陈悦值夜班，清晨回家来，在我床边坐着，欲言又止，等她躺下，我问，有什么心事？她说，昨夜遇到叶微青被送来医院，她被烫伤了。

叶微青，好遥远的三个字，撞击我耳膜，我缓缓地从深渊之底捞拾起一块湿淋淋的记忆，拿在手里端详，噢，叶微青……是有这么一个人。

我沉默。陈悦说，有空你还是去看看她吧。

说罢，她淡淡地翻了个身，背过去闭眼睡了。

Scene XII

叶微青的保姆是我给找来的一个乡下姑娘，人还算老实。我每月按时付给工资，嘱咐她老老实实照顾病人。后来保姆恋爱了，是附近洗头店的打工仔，小伙子品行不正，害得小保姆又伤心又没辙。

那天保姆又失恋，心情不好，想着小伙子的事情，倒开水的时候就走神。这一走神，开水就溢出杯子洒在了保姆手上，她烫得大叫又撒手，锡壶掉下来，整壶开水就泼洒在了微青的双腿上。

但是叶微青下半身瘫痪，是一丝知觉都没有的。

没有知觉不等于不会被严重烫伤，等保姆反应过来，微青的双腿已经被烫得脱皮，发红，后来起满了大大小小的水泡……

我带着余年去看望她。

在净白如太平间一般死寂的病房，她躺在床上，双腿上涂满了药膏，吊起悬空通风，防止进一步溃烂。

我又一次被迫直面了她，目睹她的容颜发肤在命运与岁月的风化过后留下的残迹。很多年以前——在我们年轻的时候，她喜欢跳舞。在大仓库里的联谊会上，穿着艳红的绸衫绸裤，黑油油的长辫子上扎着红缎子结，与知青男伴跳喜儿和大春……呼喊声震耳欲聋，头顶的吊灯被回声震得轻轻抖落尘埃……

……真对不起，真对不起，我又说起了这个。人年纪大了会很健忘，近前云烟，过眼就不记得，脑中印刻的，只有很远很远以前的几幕人事。

而今我再看着她，那个跳喜儿的姑娘早就死掉了，其骨灰敷在微青的脸容上，颓败而黯淡；发枯如草，凌乱凄凄。脸颊瘦瘠凹削，眼眶发黑。十多年的瘫痪，双腿肌肉早已萎缩得好似两根枯枝，所幸没有生褥疮。她此时半躺在病床上，一双空洞的眼睛捕捉我的魂灵……

这便是曾几何时我爱极又恨极的女子微青。我的少年，青年时代。

人世万物，因缘和合，诸行无常，你奈它何。

我但且只能苦苦一笑，爱恨付之一炬，泯了恩仇。

我走近她，以我这中年之身，小心翼翼地缓缓迫近我少年与青年之所爱，说不出来话，就拉过余年，让他伴我一起坐在微青床边。

我很徒劳地削了个苹果，切成小块，喂她吃。陪坐几个时辰，看望一场，我却未能成功地吐出哪怕一句完整话来。无法说。无法说。

余年也坐于床边，低头垂目，不发一言。他渐渐长大，果然俏似微青极了。眉目清俊，颀长挺拔。但他生性过于敏感，童年又过得寂寞，因此总是不够晴朗，显得阴郁寡欢……气质亦庄亦邪。

我只是有点愁，觉得他太阴柔了……偶尔都令我错觉他就是微青。

久坐之后，我收回愣在余年身上的目光，正色道，微青，你好好养伤，别的不用担心。我跟余年会常来看你。我先走了……要不然，余年再留会儿，陪陪你吧。

我起身，微青忽地滚出一滴泪。轻轻抬手，似在挥别，又像凭空欲要抓住什么似的。

我心里难过，亦应和她，伸出手去握她。我薄薄地捏着她孱弱的手指，轻轻抚摩，不敢用力。

我们凭借这薄薄的手指之触，欲在命运洪流之中不离不弃一般，依依不舍。如传世的西斯廷教堂天顶画中，以手指相触的亚当与上帝。

微青竟然开口说话了。

她说，余生。你是好人。……对不起。

对不起。

Scene XIII

这是叶微青留给我的最后一句话。当夜微青爬出窗外，坠楼而死。那次看望，也就成为了我们的最后一次团圆。

是夜还发生了太多意外。又恰逢女儿毕业回家我开车去接机，送她回家之后，我无处可去，本来想直奔医院再看看她，不想如此巧合地……我第一时间为她的遗体送了行。

所以我觉得冥冥之中，我与微青，也算有始有终。天意完满，我很知足，也没有什么可悲可痛了。于她于我这都是解脱。

我无意中，再次为这人世间又平添了一桩——毫无新意的——悲情故事，但，于我而言，此即人世之全部故事。尽管它无外乎，爱之不得或生之无能，终落得式微，并沦于幻灭。娓娓道来，好像是别人的韵事逸闻，饭后谈资。

你我之间的往事早已安息，我没有什么好大动干戈的心绪了。

走好微青。

ACT TWO

Crucify My Love

| 土耳其安纳托利亚高原 | 古罗马废墟与树 | 二〇〇七年

Scene I

那天回家路过一所中学，从球场飘来一片晴朗的笑声，有个少年的喊叫跃出那片笑声的平面，扑入我耳，声音何等之熟悉，熟悉至令我顿足，不由得缓缓挪步过去，就这么眼巴巴地，隔着高大的墨绿色铁丝网，望着那些欢乐的影子。

即景流年几多载，被这铁网切割成菱形的碎片，虚幻又真实，我恍觉年少时不知生命多难，笑亦晴朗泪不辛，而今长大，诸事复原形，原来很不堪。

我久久站着看这校园，直到华灯初上，操场上的人影纷纷散去，孩子们满头大汗地跨上单车骑出校门回家，脏校服挂在肩膀上，与我擦身而过，一阵闷着灰和汗的气息。

我没能捕捉到那笑声的主人，颓然离开，一个人在小餐馆吃了炒饭，出来时才看到下起了雨，哗哗的，满街都是湿滑的灯影，我没伞，也不着急，淋着走回家。

到了住处，打开门，摸索着开了门廊的壁灯，啪的一声脆响，瞬间如同打翻一只酒杯，洒了一地醉也似的温酽之光，我带着一身夜雨狼狈撞入。

祝乔坐于酒一般酽酽的灯色中，镇静地看着我。旁边是我的母亲，父亲。

父亲发话了：余年，我看你也是不躲雨的人，你跟小乔的事情，打算躲到什么时候？

我扔包，往沙发上一坐，说，咱们别吵，你们尽管说，我听着。

父：该说的，我们都说过很多次了。是你说的时候了。

我：……

父：今天咱们都在这儿，把话说明了。你给小乔一个交代，你这么耗着人家，你赔得起吗？

我：我什么时候耗着她了？

父：你再说一遍？

我：我什么时候耗着她了！

父亲站起来就要掴我，母亲拉住他，小乔愣着看我。

母亲面露愠色，又按捺着：你就少顶两句！这么大个人了干吗跟你父亲过不去，小乔人也在这儿，你懂事点儿，把话都说出来，咱们好好谈。

我只觉得路已到死角，咬咬牙："我是想说，我早想说，我想说多少年了，你们以为我不想吗？我没法跟她结婚，我自己都难受死了，我的感情我的心情你们谁过问过，你们谁知道？"

气氛顿时凝固了，静了。

我心下一横，继续道，"我说了吧，我说，只要你们承受得起。小乔是挺好的，没什么不好，你们安排给我让我结婚的，我一个一个都推，是，人家都挺好的，我挑不出来哪儿不好，可是你们让我怎么办？我不爱女人，我没法爱，这么多年我心里一直有人的，我爱康宇，这么多年了，我只跟他好过！你们别逼我了！"

管他蜂窝还是窗户纸，总算捅破了。我脑袋嗡嗡的，等待他们的反应。

真是安静，家人一脸的难堪，不知该接什么话。父亲气急，站起来，又不知怎么开口，便只是说：……你真是没救了！

他起身欲离开，又咬牙切齿地挤出两个字：孽子！

话音落下，他摔门而出。

Scene II

最后一次见他，几时之前的事情了？我记不太清。

印象深刻的只是他结婚前夕还找过我，说了些什么，我早都无心细听了，只盯着他嘴唇在动，脑子里满是他携妻带子的欢欣情形，他要做人夫为人父了，余生幸福也好痛苦也罢，恐怕再无我的份……

临别时，我阵阵心如刀绞，扑过去抱着他说：“结婚有什么意思！你们肯定还会离的，我却能在你身边一辈子！”

康宇任由我抱着，不说话也不动。末了，很久很久之后，他只是哽咽着说：“别傻了，没可能的。”

他话音落毕，我顷刻泫然。

我从这个含义悲伤的拥抱里看到了我们感情的末路。

他走后，我颓坐，仍盯着那扇门，总觉得他一会儿肯定还会返身回来。我咬着牙就这么盯着那扇门，很久很久，天色不知何时已经全黑，我坐原处，明白这次康宇他不会回来了。

他就这么走了，也许不再回来。我与他自少年时代起，拉扯分合至今，记忆已经堆积如山，无人清理，渐已发酵出异样气味，开始腐烂。

在相遇的那个时候，十几岁，普通的学校，教室，上课，放学，谁曾会想到十几年后会与眼前人彼此生命交错至此等深刻，盘根错节，割扯不清？……想不到的。

我们就像电视剧里说的那样，和你这么多年，像自己左手握着右手那么熟悉，但一刀砍下去，还是会痛。

Scene III

我幼年对生父记忆不深，尚不记事，母亲便带着我离婚嫁给了一个叫齐明的人。但不久之后她就病倒了，我小时候只晓得妈妈腿坏了，后来才知道是先天性的肿瘤发育成熟，终于压迫神经导致瘫痪。离开生父，他俩自结婚之后就没有什么好日子，齐叔也还算是有担当的男人了，没有抛弃她，拖着母亲奔波求医。我的印象中，一家人永远都在辗转于医院、病房、药铺。

那时我还小，母亲坐上轮椅之后，每天夜里齐叔把她抱上床，我就拧好毛巾，细细为她擦身。而齐叔通常皱着眉头坐在床边抽烟，看着我们母子。我与母亲之间的交流，直接由她的身体开始。日复一日，我得以观察到时光之刃的锋利，雕刻生命肉身，刀刀见血，从不手软。

母亲的腿真美，但是后来肌肉萎缩，渐渐成了枯柴两根，那是多年之后了，而我也长成少年，按捺着某种荷尔蒙冲动，满脑子想的都是康宇那双颀长的腿，以及他隐秘部位的……我就这么走着神，蹲踞在母亲面前为她擦身。

齐叔不打我，因为我不是他亲生的。我学得很乖巧，对他我就叫爸爸，但是长大后，我反而只称呼他齐叔。幼时我尽管乖巧，却实质内向，与他很生分。母亲病了之后，他偶尔会醉酒，彻夜不归。我不怨齐叔，我想他心里也是很不好受的。

齐叔不归，我就陪着枯坐在轮椅上的母亲，听她絮絮叨叨或者哭泣不止。她的哭泣我过分熟悉，从惊惧紧张到习以为常，进而百无聊赖……不等我长大，我就不再有耐心陪着她枯坐，稍有力气就学会抱母亲上床，然后离开。我害怕与她独处，听她没完没了地数落命运刻薄。

我家的情况特殊，母亲瘫痪，父亲上班好忙，我无人照顾，家里给我改了户口，刚满五岁就把我塞进了小学一年级。最开始，我年纪实在太小，课桌都快到我下巴，老师安排个子小的固定坐第一排，我每天不得不仰着脖子看黑板，脖子生疼生疼。不怎么听得懂课，要是遇到有的上课老师用方言说话，我就完全不知道在讲什么东西，成了班里的差生。

老师们都对我不耐烦，劝我留级，但齐叔不肯，母亲也教训我，拍我脑袋要我争气。到了三年级，我渐渐醒事儿，读书用功，成绩很快就好了起来。加上长得乖巧安静，老师们就又都喜欢我了，常常作为班里成绩进步的典型提出表扬。

童年我没有什么玩伴，过得很寂寞。男孩子们生猛活泼的把戏，我参与不了，我跟他们似乎有点儿不一样，文静干净得像女孩子。班里有一个女同学，成绩很好，是班长，大姐姐的样子，有魄力，又泼辣，一直都当干部，很照顾同学。转学之前，她一直是我的同桌。我与她关系比较好。她叫黄小琦。

后来母亲和齐叔过不下去了，天天吵。母亲在轮椅上坐着哭，齐叔也不理我，只跟母亲吵架，吵完就喝酒，不回家。我像一团空气，不被任何人处理。

有天，母亲和小舅舅放学来接我，之后我们就没有再回齐叔那个家，而是去找我生父了。

又与生父见了面，重逢时刻，他搂着我，渐渐抱紧，眼里全是泪，泪水滴到了我的脖子里，痒痒地向背心滑去，我只专心忍受那份痒，不敢挠——父亲将我抱得好紧，在哭。我心里却没有什么感觉。跟谁不是过呢。

我们一家人又重聚了。我转学，离开了齐叔的城市，到了一所新的学校。那时我仍然在读小学，剩下的两年，没有什么记忆。我更内向了，夜里做完作业，有时会给黄小琦写信。好多年后，她还珍藏着这些信。拿出来给我看的时候，我真哭了。

初中记忆一片空白，我只管用功读书，后来考上了好高中。是从那时起，康宇就是我同班同学。我至今记得，开学第一天，我去得迟，剩下的座位已经不多了，老师让先随便坐，我朝角落的空位走，和康宇目光相遇的时候，他很大方地朝我笑，露出小虎牙。我也点点头，就在他前面坐下了。

我不知道，今生就是这样开始的。

Scene IV

同学少年都不贱，只是寂寞不甘。康宇坐在我后面，却喜欢跟我同桌那个女生说话。开学当天她比我还来得迟，全班只剩我旁边一个空位，她就来坐下了，对我轻轻点头示好。女生叫苏予，长得清清丽丽，瘦瘦的白白的，肤如凝脂手若柔荑，讨人喜欢。班里男生说，余年那小子命真好，摊上跟班花同桌。

我苦笑，从那时起我就感觉，我跟普通男生不一样。

康宇很快提出和我换座位，他想挨着苏予坐。我自然同意了，坐在他身后，眼睁睁看着他俩一学期不到，就好上了。

康宇感谢我肯换座位，觉得我耿直，很快和我成了铁哥们儿，尽管他和我并非同一类人。我入学很早，高一时才十四岁，还是乖乖学生一个，而他是耀眼的十六岁追风少年，上课说话，累了睡觉，下课就出去打球，至于作业功课，全都靠我。

寒假快完了的时候，他打篮球手受伤了，那时我的家里才刚刚安了电话，觉得新鲜，经常打电话给他。电话里他又不好意思示弱，含含糊糊地自个儿愁着说，这快开学了我作业还没写哪，手又不行了怎么办哪……我本想说，苏予呢？但还是把话咽下去了。我放下电话，想都没想就去了他家，抱回一摞卷子本子，包办他的全部作业，还得模仿他的字来写。

临开学了，我又把一摞写完的作业送回给他。他感动得不停地拍我肩膀，摸我的头，非要请我吃饭。他在家附近的餐馆叫了一桌小炒，又要了半打啤酒，一个人全喝了，脸红脖子粗地跟我说话。

我终于问，苏予呢？他笑笑，说，分了。

我心里一乐。他说，你笑什么？我说，就只准你笑？

果然，开学当天他就自愿来做我同桌了，美其名曰，抄个作业都方便点儿。苏予进教室，看到同桌不再，康宇已经坐我身边，她顿时脸色微妙，但又强作镇定，一言不发地坐下。

我心里知道——谁都知道——他俩完不了的。后来我才反应过来，或许是他不想闹得那么高调，白白给老师家长们逮个杀鸡儆猴打击早恋的借口。

我们的家同在一个方向，只差一个街口。他每天都送我到分岔路才离开，而我也每天都等他背影散尽，方才恋恋不舍地离去。

往事浓淡相宜，我却思之惊心。这个习惯我保留太多年，每每分别，短暂的也好，漫长的也好，我一定目送他背影消失殆尽方才肯离去。他也知道我在望着他，会很豪气地背对着我高举起手挥动，我总觉得那就是末日之感：不知道哪一次，就会是最后一次了。

高一下学期期中考试，康宇在另外一个班的兄弟要我给他递数学答案，我说，再看吧。对这档子事情我早都烦不胜烦，就是因为跟康宇走得熟，所以他的狐朋狗友们总要提这样的要求。我转身走了，不一会儿，康宇就来找我，说，你就照顾照顾我兄弟吧。我说，我照顾你兄弟，谁照顾我？就我们班考试我周围都全是你兄弟要抄，我还得做题，哪有时间去厕所给他答案？

康宇急了，说，你到底给不给面子？

我觉得欺人太甚，就吼，你管得着！

他瞪着我，没说话，手指指着我脑门，点了点，眼神特别狠，转身就走了。

那天放学，康宇没等我了。我在车棚里傻站着，像幼儿园门口没人来接回家的小孩儿，不知要去哪儿似的，左顾右盼，直到天黑。我反反复复问自己，我把他弄丢了吗，他什么时候回来？

长这么大头一次这么伤心，想哭又哭不出，我返回教室，拿着钥匙开了门，回到我们的座位上坐着。我趴在桌上望着空荡荡的黑板，心里特别特别地堵。过了一会儿，我看到他的一件校服还塞在桌屉里，便像做小偷一样，把它轻轻拖出来，抓在手里，捏着，看着，我只觉得我真的太想他了，终于忍不住把衣服捧起来，头脸鼻子都埋进去，狠狠地吸一口气……一股其实并不好闻的味道，溽着汗水和灰尘的脏衣服的气味……但我一下子就像扑到了他怀里似的，眼泪顷刻间就落下来了。

直到如今，这件事情我都一直没有告诉他。从那一刻起，我便知道我是喜欢着他的了。我们之间的格局，原来早在那一天就有注定。我太舍不得失去他，哪怕是一天。

于是，我第二天就主动去找了他在别班的那个兄弟，说，我会给你答案的，最后半个小时厕所里见。

到了考试，我们还在冷战，我一心想挽回他往日的热情，考试时主动给他和他每个兄弟都看了答案。考完试，他就过来找我了，有点儿不好意思的样子，说，我知道你最耿直了。他又放肆开来，勾肩搭背地挟着我直笑。

但我心里真的很不是滋味——其实。

那天下午考试完毕就放学了，我被老师叫去办公室说了一会儿话，出来的时候，班里都没人了。我怀着忐忑去车棚，看到他在那里等着我。我心里的石头一下子落地，溅起一小朵很酸很酸的快乐。

他说，余年，我兄弟叫我去打球，我怕你等我，就来跟你说一声。你跟我去球场，我打一会儿球就走，好不好？

我没说什么，点点头，推着车就跟他去球场。

我坐在旁边看他打篮球，跳跃，奔跑，投篮，叫喊，那么生猛有活力，我的目光无法挪开。对他们的球赛我丝毫不关心，一阵阵得分的欢呼总像是惊醒我似的，却无法将我黏着在他身上的目光拉回：他的额头，鬓角，鼻梁，下颌，脖子，锁骨，肩膀，还有我最喜欢的他的双腿，修长而笔直……有关他的一切都真令我脸红心跳；我看得入迷，忘记了时间，不觉得无聊漫长。

我等他到天黑，他们打完球了，个个把汗透了的球衣搭在肩上，走到边儿上来。我给他买了一瓶水，欢快地递上去。他的兄弟们一阵哄笑，说，靠，好你个康宇，你什么时候又讨了个小媳妇儿啦！你把人家苏予休啦？

我阵阵脸红，他却毫不羞赧地大笑，顺势揽着我肩膀大声说，娘子，甭理那帮禽兽，走，跟相公回家。他说得这么轻松，我心里倒是乱了，又有点儿乐。

那天我们像往常一样骑车回家，快到分岔口的时候，路上很黑，他又伸手抓住我的车把故意晃我，我叫他放手，他不肯，转弯处前面忽然来了一辆车，我一惊，被他晃摔倒了，车擦身而过，险些出了事，我摔趴在地上，他立马跳下车来蹲跪在我身旁，半抱着我，着急地问，没事儿吧！没事儿吧！

我抬头撞见他眼神殷切，本来想骂的话都收回去了，摇摇头，说没事儿，没事儿。我用力想起身，才发现身上好几处都痛得钻心，使不上劲儿。他见我痛得一咧嘴，说，哪儿弄着了？我这才抬起自己胳膊肘一看，擦破的大块地方，血肉掺着灰土，青紫一片，膝盖也是。他特别内疚地说，对不起对不起，真对不起，以后我不这样了。

我疼得厉害，也说不上话，坐在地上想缓一缓再起来。

这时康宇他却俯身下来，半跪着，抱着我的肩头，深深地往他怀里按，又揉着我的头发，我的心脏跳得快要蹦出胸膛，不知道他要做什么……他摩挲着我的短发，末了，用力捏着我的下巴抬起我的脸来，直直地看着我的眼睛。我紧张得无法呼吸，热烈地望着他，咫尺之遥，他的脸孔清晰得毫发毕现，我能感到他的目光滚烫，汗滴沿着眉心缓缓滑落。忽然他就这么开始亲我的脸……接着微微停顿了下，带着一丝犹豫之后的热烈，吻了我。

我惊讶极了。全身的疼痛都被满心的疑惑与激动所取代，烟消云散。他怎么忽然这样？他不怕被人看见？他也喜欢我？……我脑子里翻江倒海，特别害怕他清醒过来就会扔下我跑掉，但他没有。他吻我之后，很镇定地说，疼吗还？我扶你起来，走，我们回去。

他几乎是把我抱了起来，把我放到他的自行车后座上。我正愣着，说，我自己能骑的。他说，你车钥匙给我，我把你车先锁这儿，一会儿我载你回家，完了我再过来把它骑回去。

我不打算推诿，一丝都不要，我生怕轻轻一推这梦就碎了。我不说话，顺从他处置。坐在他的自行车后座上，我仍然觉得一切像梦，鼓起勇气伸手环抱住他的腰，头埋在他的背上。

骑车到我家楼下，他低着头一边锁车一边说，余年，以后我们都不要赌气了吧。你不理我的这些天，我心里特堵。

我有点儿哭笑不得：什么时候我不理你了，明明是你先不理我。

他抬起头朝我笑，有点儿歉意又很温和地说，疼吗，还能走吧……来，我送你上楼。

Scene V

我们之间的关系并没有因为那一个吻而出现陡然的变质，我小心翼翼维护与他的好朋友关系，生怕吓走了他。而我内心守护那个秘密，每日浇灌以甜蜜的回味，任它破土而出，发芽，长高。那段时间我们的关系特别好。他父亲从日本出差回来给他带了一个游戏机，那在当时是非常奢侈的东西，他上课的时候就经常打游戏机，还喜欢教我玩这玩那。我虽然没有太大兴趣，却不想扫他的兴，就装得趣致盎然地跟他一起玩儿，下课也不离开座位，两个人弓着背挤在一块儿靠着，脑袋低低地都快钻进桌子里面去了，一阵阵咯咯地笑。

有时我也提醒他听课，如果是老师在讲重要内容的话。可他总是听不了多久就开小差，要么就是趴在我身边睡觉。他趴在桌上睡觉的样子看上去可爱极了，像一只蹲在树枝上打盹的小鹰。如果不是在教室里，我真想低头亲一下他的平头短发。

高一结束，分文理科班。我本来选了理科，而苏予选了文科。我一下子心里很紧张康宇会怎么选，又按捺着不动声色，等待他的决定。其实也曾试探性地问他，你选文还是理啊，可是他似乎很犹豫的样子，说，不知道啊，再看看吧。

他一直拖到临交表还没定下来，老师又催了，他很烦躁地随便勾了一个，还在回执上模仿了老爸的签字，惟妙惟肖，然后抓起来就上台去交。

等他回到座位，我实在是按捺不住了，就装作漫不经心地问，勾了什么啊。

他也装作漫不经心地答：文。

赫然间我感觉我挨了一闷棍，脑子嗡嗡的：他不是一直说老爸坚持要他学理科的吗，怎么搞的。我好像五脏六腑都被挖走了似的，整个人空得难受。

那天他还照样在车棚等我，没事儿人似的和我一起回家。一路上我都不知道说什么好，不敢跟他并行，骑车跟在他后面，望着他的背影，一遍遍地跟自己说，别傻了，别傻了，别傻了，他不是你的。小心要得太急，连朋友都做不成了。

可是天知道我有多想跳下车来奔过去抱他，要他一个明确答案，那个吻到底算什么，我到底是你的什么，我们又到底是什么？

在分岔口，他昂了昂下巴，对我说，走了啊，明儿见。

我愣在那里，看着他背影散尽……好像真的永别。眼泪都噙着了。

更糟糕的是，高一暑假，发现他跟苏予和好如初。那天我没有打招呼就去他家里找他，他过来开门，门一拉开，见到是我，一脸的错愕。苏予就坐在客厅里的大理石地板上，电视开着，一沙发的书报杂志，茶几上还有水果和打开的饮料。

我愣在门口，不知怎的心里一阵发慌。我立刻说，啊！不打扰你们了。说完转身就走。

康宇站在门口，有点儿迟疑地叫了我两声，余年！余年！

我多希望他能跟下楼来，但是他没有。叫我两下，我就听到了楼上的关门声。

那时我的生母生父早已经复婚了。我们母子离开齐叔回到生父身边，不出一年，就又实在是过不下去了，他们几乎天天吵，母亲天天撒泼，父亲郁郁寡欢，后来就再次跟她离婚了。再后来家里妹妹都已经上小学，是生父和后妈的孩子。我管后妈叫陈姨。陈姨对我很好，客客气气，也很照看我。

每个月，父亲都给我一笔钱，让我送给母亲，去看望她。高一暑假很无聊，康宇大概忙着跟苏予热乎，没空理我。我整个夏天无所事事，常常去看母亲，陪她说说话，帮她擦擦身子。蹲在她面前，我脑子里想的却全是康宇。他打球时的样子，上课睡觉时的样子，他的身体发肤，他选了文科，没选理科，是不是意味着我再没希望了……脑子是一匹脱缰的野马，我心里却很黯然。

好不容易挨到了开学，我终于可以见着他了。虽说不在一个班，能在一个学校一个年级，也是好的。去到学校，刚走进新班教室，后面有人拍我右边肩膀，我回头，他就闪到了左边。康宇笑得一脸灿烂，把我的脖子夹在胳肢窝里，乱擦我的头发。

我很惊喜，说，你怎么在这儿？

他说，哈哈，我爸让我改成理科了，还特意让我跟你一个班哪！

我的心一下子就亮了，像日蚀过后的第一缕光，又猛烈如黑夜里的野火。

Scene VI

在后来发生了那么多的事情之后，我回想高二高三的那两年，实在是最好的时光。我们朝夕相处，大部分情况下都还是非常开心的。有他在身边，连上课都不觉得无聊了，我干劲十足，想到还要肩负起辅导他功课的任务，因此自己学习很努力，成绩也越发好起来。彼时我早就深陷无法自拔，一天看不到他，就心神不宁。

康宇的玩心很重，成绩不是很理想，何况在卧虎藏龙的理科，大多数人刻苦极了。到了高三，他的家里似乎也看出苗头不太好，打算供他出国读书。那年头，这可不是平常事儿，除了有两个很厉害的同学在考托福申请美国的全奖读本科，其他的都在老老实实备战高考。他显然两者都不属于。

我想到他可能要走，以后天各一方，心里越发舍不得。我们那个时候已经情同手足，又不止手足。我记得有一次看电影，他买了四张票，叫上了苏予、我，还有另外一个女生。从碰面到去电影院的路上，他都和苏予牵着手并肩走着，很亲密的样子。我心里真的不是滋味，脸色很勉强，数次想撤了算了，不愿意掺和他们小夫妻的热闹。他却不管，一再地回过头来，还催我，快点走呀，余年，想什么呢，电影快开始了！

我勉强还是跟着他们进了电影院，心里闷闷地，坐下来看电影。中途我特别想上厕所，就悄悄跟身边的康宇打了一个招呼说要去卫生间，没想到他说，我也去。

等我们进了卫生间，在小便池前我有点儿不好意思，就没急着拉拉链，看到他站在隔间前面，左右环顾，我问，你要干吗啊？没来得及反应过来，他就拉开隔间的门，一把拽过我来，把我塞进了隔间，然后别上了门闩。

在狭窄的隔间里，他忽然好激动地把我按在门上亲吻，也顾不得门板是不是干净了。我不自觉地伸手环抱着他的脖子，迎接他的热烈。少年如我，那一瞬间真的觉得死亦足矣。

吻我之后，他定定地看着我，末了悄悄凑在我耳边说，我早就想再亲你一次了。他开始往我腰下摸索。

我看到他下身有点儿起反应，连忙说，不要了不要了，我们赶紧回去。苏予她们还在里面呢。

我很慌张，因为那一个吻，我什么都忘记了，根本没有上厕所，直接就回到电影院里面，接下来的整场电影我完全没有心思看进去，坐在那儿胡思乱想。

当然，到了最后，尿再也憋不住了，散场之后才狼狈地又奔去卫生间。

高三日子很辛苦，一度他差点想休学回家准备出国，可惜他英语也太烂了，还不如数理化，于是在他妈妈的坚持之下，还是让他考完高考再说，毕竟也是人生的一大考验，锻炼锻炼还是有用的。

最后的日子里，我们憋足了气，很发奋，康宇其实人特别聪明，成绩很快就追上来了。我俩依然是每天一起回家，分手时约好晚上一定要狠命做题看书到几点，到时候打电话查岗。夜深了，做题累了，他就打一个电话来，跟我说上两句。

一辈子都记得高考的那几天。他的父亲找了车子接送我们一起考试。直到考完最后一科，铃声骤然响起，我赫然感到某种失落，不知道是不是高中时代结束，我们将会天各一方。搁笔的一刻，舒了一口气，即刻想起的，就是他。

我甚至默默叫了他的名字，康宇。

彼时我出了考场教室，夕阳如一枚琥珀般焜黄璀璨，高大梧桐的青翠绿叶被悉数镀金，在晚风中招摇，像一个个好日子，乐融融地挤在一起。我就站在人潮汹涌的操场上，猛然陷于无边的，独属于青春期的失落与感怀中，如同一个透明的局外人那样，冷眼旁观着黑压压的考生们一堆堆凑在一起。说自己考得如何的，对答案的，问状况的，高兴的，骂娘的，考得不好的直接放声大哭，考得好的满面红光拼命按捺激动……所有的表情，都生动极了。

我在那人群中寻找他的身影……我只想看到他。

康宇在远处，兴奋地冲我挥手，身边站着苏予，淡漠地看着我。

他走近了，高高兴兴地问我："考得好吧？这题基本上都押中了！"

我望着他晴朗的脸孔，像仰望一个余生的希望。

那时还处在估分盲填志愿的年代，我和康宇一起估分，他的分数估计能够考上二流高校。估分完毕，他很紧张地看着我，问，余年，你考得好不好啊？我看着他殷切的眼神，心里很难受。我老老实实对他报了我估计的分数，他听了，有点儿不知所措。

我低下头，说，我不想到别处去。我只想跟你一起读同一个大学。

其实我心里清楚我的成绩足以考上北京名牌高校，他也清楚。但我毫不犹豫地，隐瞒了爸妈，老师，所有人，我说我没发挥好，考得不太好。

我填了跟康宇一样的志愿。

这件事情，我没有后悔过。

情到深处，我无可选择。

没有什么大的波折，我们报的志愿很稳妥，甚至是过分稳妥：本地一所师范大学。康宇他觉得我牺牲太大，我们承受不起意外，必须保证一定能够在一起，因此所有志愿都填报得很低。我也一样。

交表的时候，班主任问我志愿，我答毕，他望着我，一脸不可置信的表情，错愕至极。我一瞬间就不敢对视他的眼睛，遂低下了头。他以为我真的考砸，不便说什么，拍拍我的肩，说，小伙子，振作，振作。

我差点哭了，心里陡升一股悲壮之感。无人知晓的内心与感情……我感觉我已经独自一人走上一座海上浮桥，向着茫茫波涛，赴死一般走下去，纵使沉没，仍不后悔。

分数下来了，志愿却也早就定了。父亲气得把我臭打一顿，骂我，说，你不会估分吗？怎么差那么远？你加减法都不会算？你心里在想什么？搞什么鬼？我这么辛辛苦苦地养你，指望你考个好大学，你说你考得不好，我都没有打你，我认了，结果你个狗日的怎么乱填志愿？你玩儿你老子？你怎么估分的啊到底？

我承受父亲的巴掌，内心一阵阵刀枪锐痛，这些年来成长中的孤独、委屈，对康宇的苦苦暗恋，全都涌上来，我泪流如注，心里一遍遍念他的名字，康宇，康宇。好像他是信仰。

真的挺傻的。

但是很多年之后回想往事，我依然觉得，再给我一次选择，我会做同样的事情。人生对错何在，意义何在，标准本来是没有的。世俗的圭臬是加在我们身上的负荷，令我们渐渐无法对内心诚实，偶有一丝勇气，像水下的落叶，被轻风搅浮起来，翻一个身，又沉没到底。

一辈子，不是这么过，就是那么过。终归灰烬。迟早而已。

其过程，壮烈一些，奉照内心旨意活下去，未尝不是成就另外一种意义。

康宇的分数稳稳上线，通知书也下来了，我彻底松了一口气。觉得老天有眼，自己的牺牲没有浪掷。

拿到通知书那天，他很高兴地来我家找我。可是我的父母还在跟我怄气，根本不搭理人。我觉得不方便说话，叫他跟我一起下楼去再聊。我郁郁寡欢，他收敛了欢快的表情，有点担心地看着我。

康宇说，唉，我真的有点儿后悔，不该由着你跟我报一样的志愿。你明明可以……

未等他说完，我抬起头直直地盯着他，说，你还说后悔？还轮到你说后悔？

心里太难受，眼泪一下子就噙着了。

康宇一见，顿时皱眉，真真正正严肃了起来，眼神复杂地看着我，末了，狠狠用力把我拉到怀里来，抱紧，一句话也不说。

我在他怀里，有气无力地带着哭腔说，你可不要出国啊……你要大学半途走了就太过分了……

他说，我不会的。我答应你。

那年夏天，我们一起去旅行了一次。都是第一次没有家人陪伴出门旅行，所以走得不远，就我们两个。在旅馆的夜晚，我们到底还是做了。他的身体，我一寸寸抚摸，亲吻，发誓此生一定要铭记。

他非常激动，热烈无比。俯身亲吻我，细密又坚决，耳垂，脖子，胸膛，下腹，手指钉耙一般捋着我的头发，用力地抚摸，像要捕捉我的魂灵。从深夜一直到凌晨，我们做了好几次，不过没有真的进入。他说，不舍得我痛。到最后我们都筋疲力尽，抱着躺在一起。微薄的晨曦就这样从窗帘的缝隙透进来。

就天亮了吗？我轻声自言自语。

他用喉音模模糊糊地应我，嗯。没有睁开眼睛，依然将我的头放在他的肩脖与下巴之间。非常温暖。

是夜冰火重天，我明白，我们再无路可退了。

Scene VII

苏予也跟我们同校了—— 她是真的没有考好： 险上我们这师范的调档线。我已经不想去追问，康宇读这所学校，到底是为了苏予，还是为了我—— 我只知道，我一定是因为他。我不问，他也就不说。就有这么注定，我们三个人的命运，纠缠不清，围绕一个康宇。我原本以为大学之后我们可以延续幸福的戏码，但事与愿违。进学校不久，他与苏予就打得火热，军训过后第一个周末，康宇就以苏予男朋友的身份，请她寝室的女生吃饭，还去溜旱冰。他来叫我，让我一起去。我不去，他脸色不好看了，说我不耿直，小气。

我没办法，还是去了。

吃饭也罢了，苏予寝室的几个姑娘不停起哄撺掇，他俩就笑呵呵地你一口我一口喂来喂去，就差喝交杯酒了。吃完饭又去附近溜冰场。那儿一股塑胶地板的臭味，顶篷显得很脏。我一点儿兴趣都没有。苏予不怎么会滑冰，正好康宇就拉着她，扶着她，两人笑得咯咯乐，我在旁边真是感觉一盆冷水泼下来，从头到脚都凉透了。

之所以没走，还是因为康宇不让我离开。他说，你不准走啊，我要是没看到你了，回头来再跟你算账。就这样，他扶着苏予并肩滑冰的时候，时不时眼光扫来扫去，满场地找我，直到捕捉到我的身影，他才肯罢休，又低下头去哄他的姑娘。

这些我看在眼里，也无可奈何。

有人忽然拍我肩膀，我回头一看，一个短头发的女孩子，大大咧咧地冲我笑。

黄小琦？我惊奇地喊出声来。我一眼就认出她的样子，没有变，只是个头比当年大了好几号了。

我俩同时问对方：你怎么在这儿？

原来她大学考到我们市来了，我很意外，也特别高兴，拉着她不停说话。我注意到她身边有一个女孩子跟她很亲密的样子，绕着她转来转去，见插不上话，就又低头顺目地溜到一边儿去了。

我们聊着聊着，康宇居然还过来了，拍我肩膀，问，介绍下啊，这是你同学吗？

我只好对黄小琦说，这是康宇，我高中同学，现在也是大学同学。

然后又对康宇说，这是黄小琦，我小学转学前的同学，现在大学考到我们这儿来了。

康宇一脸释然，笑呵呵地说，欢迎欢迎，以后有什么要照看的，随便说！那，不打扰了，我先去那边了。

黄小琦冲他笑笑，说，谢谢！

我看着康宇的背影，嗤之以鼻，撇了下嘴。黄小琦笑着，说，我怎么觉得那人跟你不一般哪！我很惊奇，又心虚，说，怎么不一般了？她又笑，说，好啦，没什么了。

我俩又东拉西扯地说了好半天，最后彼此都觉得话也差不多了，小琦就说，嗯，那我先去一边儿了，我朋友还在等我。

我抬头望她身后的那个女孩子，正直直盯着我们看。

我笑笑，说，不好意思，都拉着你说半天了。小琦很爽朗地一拍我肩膀，说，瞧你说的，老同学了。我看你也有传呼机啊，咱们留个号码，回头随时保持联系！

我还没跟小琦道别完，康宇又溜了一圈儿旱冰，擦过我身边的时候，一拍我肩膀，又叮嘱，不准提前走！不等我回话，停都不停，又一溜烟儿而去。

我无可奈何，不晓得他后面要搞什么鬼。

那天散伙的时候，康宇说，余年你回哪儿，回家还是回学校？我说，我回学校，他说，哦，那我跟苏予回家，她去我那儿拿点东西。

我一听就火了，这家伙，完事儿了又不一起走，干吗刚才非不让我早点撤，我忍不住顶回去，靠，你有病啊，你刚才怎么非不让我早点儿走？

我脸色很难看，康宇一下子有点儿莫名其妙，苏予尴尬了。

康宇问，你火什么啊，没事儿吧？

我想给自己的情绪找个借口，情急之下就说，怎么没事儿？我一直胃疼，疼死了，还得陪着你们这儿，你又不让我撤！

苏予一听，立马打圆场，很体贴地说，你好点儿了吗？你也不说，真是的，是我们不好，这样吧，康宇，你送余年回家去休息，我正好跟姐妹们一块儿回寝室了。东西下次再拿。

康宇反倒愣着了，不知道怎么回答。

苏予拟拟他，努努嘴，说，哎呀，别折腾了，就这么定了。康宇，你去拦一个出租车送送余年。

说罢苏予就回头，左顾右盼地寻她几个室友了。

康宇看看我又看看她，没说话，就拦车去了。

等几个姑娘齐了，康宇也拦着车了，苏予就说，你去吧，回家好好歇歇，吃点儿药。

不这么着也下不了台了，于是大家草草道了个别，我就跟康宇坐车回去了。我心里越想越窝囊，一开始是自己窝囊，到头来还搞成了在一帮女孩子面前耍娇气，反倒还让情敌照顾了，窝囊透了。

一路上，气氛像凝固了的水泥，我都没法说话。康宇也一言不发。

送我到家楼下，我们下了车。我有点儿不知所措，只管默默无言向前走。康宇站在我身后没动，末了，叫住我：余年，等会儿，我有话跟你说。

我收住脚步，回过头来。心提到了嗓子眼儿，望着他。他双手插兜，脚步有点儿迟疑地向我走过来，眼睛盯着脚尖儿，没看我，说，余年，你是我最好的兄弟，你老这么单着不是事儿啊！该找个女朋友了。

我一听，愣了，兄弟，他说我们是兄弟。我像挨了一闷棍，呆住了。

他又说了一遍，咱们是最好的兄弟，你也不小了啊，我们系女生也不少，你主动点儿啊，不想看你成天这么闷着。

我被噎得一句话都说不出来，他估计也心虚了，不敢继续说。

等了好久，我俩都没话。我心里堵得厉害，连胃都真的开始痛了。我怀着最后一丝希望，问，咱俩就这样了？

康宇半晌没吭声，末了，他似乎下了好大决心似的，用力地一点头：嗯。

我觉得心里被捅了一刀似的，这一天还是来了。到底还是来了。

我说，知道了。

我转身就往楼上跑，根本不敢看他，那是我这辈子第一次跟他分别时没有看着他离开而自己先走。我一路呼哧呼哧地跑上楼梯，眼泪说来就来，势不可挡。

跑到了家门口，我害怕家里有人撞见我哭，又不敢进家门，就又上了半层，坐在楼梯拐角，像一只破了的沙袋，软软地贴着墙坐下去，眼泪止不住地流。

Scene VIII

好多年之后，有一次我坐车经过一个新开的楼盘。那日天寒欲雪，铅云低沉，比肩游荡。我望见楼身上覆盖着的巨幅广告，从天拉到地，朱红底色，上书几个雄浑的墨黑楷字：

人世间，红尘外。

那个瞬间我心里一震，望着这六个字，冥冥中又想起康宇来。幸福的恋人都是相似的，不幸的恋人，各有各的不幸。这么多年过去，每一次分手都必然经历不同滋味的心碎，我有些麻木了。我甚至不知道我们在世俗眼中，能否被称之为“恋人”？

大一那会儿头一次说分开，我绝望极了。我知道他不想面对我们性别相同这个尴尬的事实，尽管我一直相信，他对我是有感情的，所以我觉得，我们绝对不会“就这样了”。

不晓得之后那些天是怎么过的，我在寝室里昏睡，不吃饭，也不去上课。手里攥着传呼机，希望他能呼我。走廊里的公用电话一响，我也觉得是他找我。但是没有。

其实我也想过，找别人去算了，真的不想再让自己的感情被他钳制下去。那时刚刚有网络，我想在网上找个伴儿。我至今都记得第一次上网：像做贼一样怀着不可告人的心思，在网吧找了一个角落，左右看看，没人注意自己，然后迅速地键入，搜一些花里胡哨的网站，找“同志情缘”等聊天室。心情忐忑得快要窒息了。只是那个年代网络刚起步，同志网站极少，聊天室也没那么龌龊。

依稀记得我找到一个叫什么“追风少年”的陌生人，说了两句，无非是一些你哪儿人啊，你多大啊，在上学吗，之类，三句不到，他就问我，你是0还是1？我傻了，问，什么0和1？那人半天没说话，末了回我一句，真是个雏儿，0就是受，1就是攻。你上面儿的还是下面儿的？

我脸红到脖子根，扔下一句，无聊！赶紧心虚地跑掉了。

后来又找过几次别人，话不投机半句多，经常是不到十分钟就无聊又沮丧地下线走人。买下的时段如果还剩下比较长时间，我就搜搜论坛帖子之类，当然，也都是跟同志相关的，好多东西我也是第一次知道，偶尔撞见一两张身体裸露的俊男照片，我真是脸红心跳。

我依然无法排遣想念康宇的心情，上网反倒只是增加了我对自己的厌恶。除了去网吧，我几乎不怎么出门。直到有一天我实在是饿极了，想下楼去食堂吃一顿好的安慰下自己，结果就在三楼的小炒餐厅，碰到了康宇跟苏予。他俩相对而坐，正在说说笑笑地吃一桌菜。

真是欲哭无泪，哪有我这么倒霉的？

康宇看到我了。他的眼神充满了惊怯，闪躲，又有愧疚和不舍，非常的复杂。苏予莫名其妙，顺着康宇发愣的眼神也回了头，看到我，迟疑了一下，招呼我说，余年！过来坐啊，一起吃吧！

我摇摇头，说，不了，你们吃吧。

我很沮丧地离开了三楼，下到二楼去看看大锅饭。满满都是人……奇怪了，为什么以前没有察觉到那一股子食物混合着潲水的溽臭味道？也许是此番心情难过，我真觉得那味道令我阵阵作呕，食欲全无，于是空着肚子又回了寝室，爬上床去，倒头就睡。

两点的时候寝室人都去上课了，我一个人缩在寝室床上，感觉整个身心都委靡不堪，被无聊与失落蚕食。中午看到的那一幕像针一样扎在心上……我真的想多了。我以为他没了我，至少也会低落一阵子，可是他原来照样过得很好很好。

想到此，我眼泪噙在眼眶里，忍了好久，终于还是漫溢出来，顺着眼角痒痒地滑进了耳鬓。

正在这个时候敲门声响了，我懒得应，反正门也没有闩上。不一会儿我听见门推开的声音，我以为是室友或者哪个找错门的同学，没有理会，全心全意沉浸在我的恶劣心情里。

忽然的，我听到他的声音，叫我，余年。

我惊讶极了，心都快蹦出胸膛，哑口无言地躺在床上，一动不动。

他又叫我，余年，你在的吧？

我睡的是角落的上铺，他一定也看到我了。我就这么躺在床上，顷刻间差点号啕大哭出来，可我不敢，我蜷缩起来翻了个身，把头脸口鼻都死死地闷进被子里，忍住不吭声。

他站在我床下，很久很久没有说话，末了，他低低地说，对不起，其实我真的太想你了。这些天，我过得难受极了。……中午你没吃饭吧，我给你带了一份儿饭，你下床来吃吧，别饿着了。你的同学说，你不吃饭，也不上课，只是睡觉，都不知道你出什么事儿了。

我特别想起床看看他，扑过去抱抱他，可是转念一想，我这样子真是邋遢憔悴到了极点，怕他见了要反感。于是我仍然按捺着不动，嗓子眼儿像是压着一块石头，说不出话来。

康宇没说话，又站了很久，过了一会儿他说，我知道你不想见我。我害你难受了，对不起。饭留在桌上，我走了。

我听到门关上的声音，他走了。我懊悔，却仍然躺着，头埋在被子里不敢出声，动弹不得。过了好久，我才下床来，看到桌上他带来的饭菜。

是他用自己的铁饭盒装着的，明显蒸过，大概为了保温吧。铁盒上还结着小粒小粒的水珠，打开来，微微冒着热气，很香，都是我喜欢吃的。

我打开那一盒饭菜，愣着，看了一会儿，突然埋头就狼吞虎咽地吃，塞得满嘴都是食物，拼命地嚼，拼命地吞咽，噎得我眼泪大颗大颗滴在饭菜里。

男儿有泪不轻弹，我真的顾不上了。

又或许，我本就不是男儿心。

后来我决了心要去找他，借着还他饭盒这借口。借口够傻，我知道。可我绷不住了，没办法，挑了一个晚上，把自己稍微打理精神了点儿，打电话给他寝室，他人在。我说，你等会儿我，我过来还你饭盒。

谁都知道是借口，他也就说，好，那我楼下等你。

见着了，他冲我轻轻地笑，很小心的样子。我把饭盒塞给他。他赶忙说，你不急着回去吧，那我们走走吧。

我们绕着学校散步，专挑清静的旮旯，一步比一步慢。在一个树丛很密的角落，没有灯，也没有人。四下只有虫鸣，黑黢黢的。他站住不走了，一把把我拉过来抱进怀里，末了很暴烈地把我往树干上按，一阵激吻。

他说，我想你，余年，真的想你，过了这些日子我才知道我不能没你。

末了他又在我面前低下身，解开我的皮带，摸索下去……他的确在努力取悦我，可是我的心思还不在这档子事儿上，完全没有状态，他见我那儿不硬，显得有些急躁，我怕他不高兴，不耐烦，遂又赶紧调整了自己的状态，配合他。

等我完事儿，他急切地看着我，又抚摸我的头发。我知道他的意思，我复又低下身来为他做。

我跪在他身前，他摸着我的头发，呼吸很重。

我不知道他想要什么。我，苏予，性？或许他觉得跟我消遣起来没有负担，也不用对女方身体负责吧。

完事儿很快，我们整顿整顿，裤子穿好，装作若无其事地散步回去。一路上还会碰到老师、同学，满脸堆笑跟人家打招呼，我心情却非常尴尬，觉得自己做了很可耻的事情，还要冠冕堂皇地装下去。……想来可笑，这前前后后还一直带着那个饭盒儿。

他送我到我寝室楼下，对我说，我跟苏予分手，但你得好好跟我在一起，好不好？

我问，你要怎么分？

他说，这你不用管。你跟我在一起吗？

我说，好。

Scene IX

康宇又回到了我的身边，关于他和苏予的分手始末，我自始至终掩耳盗铃：不了解，也不想了解。康宇借口要和我一起考研复习，让父母给了些钱，租下学校附近的一套公寓，郑重其事地交给我钥匙，像婚房似的，让我来住。

回忆是个狠角色，把痛苦的变甘美，把甜蜜的变伤感。我与他共度的那段同居生活，就是如此。那些日子回想起来实在太温情，几乎不忍心再回想。我会给他洗衣服，收拾屋子，两个人通宵达旦地对着电视打游戏……去商店买吃的，大包小包地拎回家。他还耐着性子陪我去菜市场，回来他一撒手，躺沙发上看电视，我就做饭。

夜里洗完澡，我坐在地板上吃西瓜看电视，他过来摸摸我的头发，又坐下来从身后抱着我，一阵带有温度的香皂味道飘来，清爽而熨帖。他环抱着我，亲吻我的脖子，肩头。

那一刻我总忍不住闭上眼睛，想，如果能够一直过下去该多好。这是一个家。我与他的家。

我真的，真的想做他的妻。

住了半年，忽然得知外婆病重了，也就是陈姨的母亲。家里人带上我回老家去看望外婆。去了一个星期，乡下条件不是很好，我受了恶寒，吃喝又不卫生，积下了病根。

回到城里，我太想念康宇，家都没有回，借口说我要去学校，不能拖课，就赶紧回我们的小屋找他。

我回去的时候康宇竟然没有在，我心情一下子跌到谷底，失落极了，陡然觉得好累，倒下头就睡。

模模糊糊地，我感觉浑身发烫，又怯冷，肚子疼得难受，睁开眼睛，康宇正坐在我的身边，那眼神有十二分的温柔，我心里一下子就踏实了。他问我，这些天还好吗？我望着他答不上来，只觉得胃一阵绞痛，嘴里泛酸，还未来得及冲到厕所，我就趴在床边呕吐起来。太恶心了，康宇吓了一大跳，赶紧去拿了盆子和毛巾过来，我吐得厉害，他拍着我的背，一边说，没事儿没事儿，有我在，有我在。

我吐完，他赶紧递上一杯水，让我漱口。

漱完口，我还是说不出来话，整个人难受极了，虚脱无力地躺了回去。

康宇说，余年你怎么病得这么厉害，等我收拾完这儿，我带你去医院。

我看着他倒盆子里的秽物，洗干净，倒上84消毒水泡着，又拿来笤帚，拖地，清扫，稀里哗啦地收拾了好大一阵子。我肚子又叽咕作响了，感觉不对，赶紧爬起来冲到厕所里去拉肚子。

等我出来的时候，康宇已经把床边打扫干净了。那么恶心的东西，委屈他了。我真是愧疚。我说，真对不起，弄得这么脏。

康宇看着我，无限爱怜又满是担心：瞧你说什么呢，走，穿厚点儿，我带你去医院。

我们的楼没有电梯，出门之后，康宇说，来，我背你下楼。我有气无力地说，靠，你别折腾了，不就是发烧拉肚子，至于吗？

他不肯，语气强硬地说，让你上来就上来！他往前下了两个台阶，俯身，说，快点儿。

我本来不是身体不能坚持，只因这温馨幸福我不想错过，于是很顺从地，趴在了他的背上。

康宇一米八三，高高大大；可我到底也是一大男孩儿，一米七八，也不轻了。他背着我下楼，很累的样子。我伏在他的背上，觉得要是能得到他这样的疼爱，我一辈子病下去也乐意。我问他，沉吗？我下来？

他好强地说，靠，就你这小身子骨儿，风筝似的。乖乖待着，别说话。

下了楼，我们打车去了医院。康宇前前后后地帮我跑，挂号，找诊室，排队等医生，我一直坐在走廊休息。终于轮到我了，他大声叫我，余年！该你啦！

我坐下来，医生检查了下，问了问病情，让我取个指血，化验几项指标。

康宇赶紧拿过收费单子来，哎哎地答应着，赶紧出去缴费了。医生看了我俩一眼，问，这是你同学？够耿直的啊。

我微笑。好像他真的成了我的爱人。

取指血时，我坐在开了窗口的柜台前，伸出左手去。康宇当我小孩子似的，说，不准哭噢！要做不怕疼的好孩子！我被他逗得直笑，觉得特幸福。他认真地看着我，站在我旁边，竟然把我的脑袋拉过来轻轻按在他的腹部，说，你就别看了。

我瓮声瓮气地埋在他腹部，说，不就是扎指头吗！我也是一小伙子了好不好！……啊！疼！

他笑，结实的腹肌轻轻收缩。

不出意料，我的确是得了急性肠胃炎，上吐下泻。医生开了几瓶盐水和药，让我输液。

那三天，康宇一直陪着我，送我去医院，我输液时他就坐我床边儿，嘘寒问暖地，还给我买喝的买吃的，哄怀孕的老婆也不过如此了。

他破天荒地，下厨给我熬了一锅粥，装进保温壶，带到病房。我看着他舀出一勺来，吹吹，递到我嘴边：此情此景我实在受不了，忍不住说，你干吗对我这么好？你知不知道你早就害我没法儿全身而退了……

他说，靠！你还想退哪！得了，不跟你计较，瞎想什么了，快喝！

我连续输液三天，病就好了。又蹦跶起来，康宇也挺开心的。可那之后不久，黄小琦忽然呼我，我回电话过去，她说约我出来见见，听上去挺着急的。

中午见了面，在一家小餐馆，她却似乎没有要吃饭的意思，坐下来刚点完菜，她就问我，余年，我不绕弯子了，我想找你借点钱。

我觉得很突然，条件反射地问，你怎么了？出什么事儿了？

黄小琦不说话，却点了一根烟。我不知道她会抽烟，心里觉得有点不对劲。好久没见，她瘦了很多。

她说，我要去找一个朋友。

我说，谁？

黄小琦说，余年，我真的是急事儿，你能不能借我一点儿？回来我再跟你解释。

我说，不是我不借给你，我关心你啊，我得知道你发生什么事儿了啊；再说，你当我是朋友开口借钱，我也应该知道是什么缘故吧？

黄小琦沉默了一会儿，说，上次溜冰场你见到的那个女孩子，有印象吗？

我说，有。

她说，她是我女朋友。我们好了很多年了，好不容易读大学在一起，可是……半年前她家里给她介绍了个男朋友，她爸妈的意思就是要她嫁那人；小叶不喜欢那男的，可他开始追求小叶，小叶没注意态度，泼了他几次冷水，男的觉得面子上挂不住，跟她吵……后来我们的事，就被他发现了，那个男的说忍无可忍，就告诉了她爸妈，说得很难听……小叶跟家里闹，结果被家里禁闭起来，一直没来上学。

我心里一愣，不知道该怎么接这话。

我想了想，安慰道，不至于吧，到底是爸妈，顶多不过是把她留家里，又不会做什么伤害她的事情，你不要着急了。

黄小琦抬起头，眼神锐利地盯着我，说，我不着急？我怎么能不着急？我跟小叶六年了，大事小事儿我们都一起走过来，现在我多担心她？算了……跟你说你也不明白。我不该跟你发火的。你有钱吗？

我无言以对，沉默了下来，低头吃菜。过了一阵，我停下筷子，悬着手腕，一字一顿地说，我明白，我怎么不明白。上次溜冰场你见到的那个男生，你说得对，我跟他不一般，我爱他很久了，我们现在也在一起，只是我不知道什么时候他说走就会走。你的心情我都明白。

黄小琦不说话了，眼眶通红。

过了一会儿我自嘲地笑笑，劝她说，先吃菜，先吃菜，别火急火燎了，小心太急了出乱子。钱我会给你的，我帮你想办法。

末了，我忍不住自言自语道，他妈的我俩这是演电视剧哪，凑一块儿了。

后来我又约她来我们家，康宇也在，我俩好说歹说想劝她别去找小叶，可费了大半天口舌，谁也劝不住她，还差点儿说生气了。没办法，我跟康宇两人凑了两千块给黄小琦，那时对我们来讲是很大一笔数了，我尽量想多给她一些，怕她有什么闪失。

黄小琦走了之后，我和康宇坐在屋里，想着黄小琦跟小叶的事儿，两人都沉默起来。过了会儿，我特别傻地问他，要是有天，我也像小叶那样了，你会来找我吗？

康宇看了我一眼，也许是心虚吧，不说话，挤出一个笑容给我看，说，神经病。他伸手过来乱擦我的头发，敷衍道，瞎想什么哪。

我不依不饶，继续问，我要你回答。

康宇不闹了，知道躲不过。静了会儿，他低低地说，会。

我突然心里很酸，看着他，说，康宇，有天你要是想结婚，你就找苏予吧，别找别人了。苏予对你这么多年，也是没得比的了……你跟她过，我放心。……到时候我当你的伴郎。

康宇神色不耐，皱着眉头，说，好端端的你说这些干什么？就知道瞎想！

我说，我没瞎想。你听我说，康宇。你不知道，这些日子我俩一块儿过，我真的挺开心的，可是我知道这不可能是永远，现在跟梦一样，总有要醒的时候。晚上我经常做梦，梦到你走了，走得特别突然，我怎么也找不到你；要么就是你拉着苏予跟我说分手，让我别缠你。梦里我惊醒了，就再也睡不着，在你身边静静盯着你看，看你熟睡的样子。我看着你，希望天不要亮，你不要醒来，我一辈子这么看下去……

我说着说着，心里越来越难过，好像他明天就要离开似的。他皱着眉头不说话，一个劲儿地抽烟，一言不发。趁着康宇站起来去摁灭烟头的当儿，我从后面一把将他抱住。

我把头紧贴着他的背，用力地呼吸，想要记得他身上我再熟悉不过的味道。我抱着他，这脊背，这个人，我明白今生我都离不开了。

Scene X

大四康宇开始实习，总是回父母家，不再来我们的窝了。我呼他，他也不怎么回电。我隐隐察觉到他的冷漠和回避，心里充满不祥预感。

到了毕业晚会，他们系的节目是双人探戈，他说他被安排跟苏予搭档，我听了有点儿晴天霹雳的感觉。天知道是谁的安排，不过我不想追问，省得他不高兴。

晚会本来我真的不想掺和，可是没有办法，康宇坚持要我看他表演，我不想显得那么小气，也就去了。他们上场的时候，我盯着舞台：绚丽的灯光下，男生一身黑色礼服，女伴是一水儿堇红的阔摆长裙，如风中烛火，绮丽至极。

当那一首著名的阿根廷探戈无冕之王Carlos Gardel的提琴曲Por Una Cabeza在礼堂响起，台下全场雷动，口哨声掌声此起彼伏……伴着提琴探戈那抑扬顿挫的节奏以及优美的曲调，气氛热烈至极。舞蹈的最后模仿了大片《真实的谎言》结尾那一幕，男主角衔着一枝玫瑰，搂着女子的柔软腰身，倾身相贴。全场气氛达到顶点，喝彩声震耳欲聋。连我，也不得不被感染。

康宇那夜显得尤其英俊，我败了，我不得不承认，他和苏予真的很配。

我在探戈曲的尾声中，默然离场，像极了小说里失落的情人，掌声仍在耳后，但却不是为我欢呼——我的所爱正与别人共舞。

回想这段时间，一面是他的实习工作，一面是他们的排练……而我，被疏离也是在所难免了。

不久之后就是我过生日，我不求别的，只是生怕他不来看我，或者忘了。他已经很久没有回家了。

临生日的前一天，他忽然回来，进门就叫我，像是很熟悉的样子，如同寻常夫妻的生活，丈夫下班回来自己拿钥匙开了门，叫一声“我回来了”。

我一听到开门声就从沙发上蹦起来了，小狗见主人似的从屋里奔到门口，看到他双手都拎着东西，帮他接过来。我说，你买什么了啊，这么多？

他说，靠，你丫生日了啊！怎么着也得庆祝庆祝！

我说，你怎么知道我就在家？来也不打个招呼？你不怕我找朋友生日聚会去了？

他大笑，说，我还不了解你？这些日子我忙，你早就等我等成望夫石了，你不等我来你肯出门去跟别人过生日？我才不信了。

我哑口无言，又气又急，说，就你行，吃定我，得意了你！

那天晚上我特别开心，利利索索地做了两个菜，就着他买回来的好些吃的，铺了一大桌。他还拿出了生日蛋糕，蜡烛点上。我说，我这还没过生日呢！

他说，嗨，提前过也是一样……谁知道明天咱俩还能不能起床……起床了还有没有力气……

我笑得岔了气儿，瞧你个没出息的……

他看着我傻笑，说，吃吧，多吃，你看你，瘦了。

我突然想出了一个很有氛围的主意，家里没有音响不要紧，我打开电视机，用VCD机放了一张CD，是张盗版碟，都是老歌，有老狼啊，高晓松啊，黄品源、张艾嘉什么的。

我们关了灯，准备吹蜡烛许愿。歌曲正好是《恋恋风尘》。黑暗里只有电视机的蓝屏冷光，好像全世界都噤了声，看着我俩。往事与歌曲一起飘摇，六年多的岁月，恋恋风尘……我的心情优美而伤怀，眼下的此人此夜，今生难忘。

我闭上了眼睛，真心诚意地在心里默念，让我跟康宇一辈子不分开。

我知道这是很渺茫的心愿，睁开眼睛，他还那样热切地看着我，眼睛特别闪亮。我望着他，心里又酸楚又快乐，等开了灯，陡然又拉回现实，泪意就退回去了。

音乐声依旧继续，我们吃着吃着，他从身后又拿出一个盒子，说，给你，生日礼物。我打开，是一个手机。他说，这可是新玩意儿，以后找你就方便了。

我看着他一脸晴朗的笑容，知道他暂时不是要离开，心里就松了一口气。

那一晚我们彻夜都在做爱，彼此很久都没有亲热过了，好像明天就是末日一样狠狠缠绵，直到凌晨五点，才累得睡过去。

醒来的时候，已经是下午一点。我们赖床，厮磨了一会儿他又亢奋了，折腾了起来，直到下午快四点，才起床。

起床之后，他说，你看，我没说错吧……不知道咱俩还能不能起床。

我拍他，出息！

他正色道，怎么啦！你有出息？这是正常需求！你不也享受嘛！

我拿他没辙，两人起了床，洗了个澡。天色看着就要黑了，他说，晚上我们出去吃吧。我说，好。

找了一家餐厅，他点了一大桌，说，吃吧，我都饿死了，累，真是体力不支！

我笑，确实也饿了，我毫不客气地夹菜大吃。

他点了酒，三十八度的大曲。我看着那大瓶白的，一惊，你要喝这酒？

他说，过生日，哪有不喝的，别啰唆！

我没干过白酒，觉得太烈，喝了几小杯，难受。他却特别豪爽，一小杯接一小杯，喝得特别急。我很快就觉得头晕了，他估计也是，都上脸了，特红。

过了一会儿他趴在桌上，好像很难受的样子。我说，没事儿吧？别喝了！

他伏在桌上，摇头，不停地摇头。

末了，抬起头来看着我，说，余年……余年……

他话还没说下去，就又伏下身子了，还是摇着头，过了好久，等他再抬头起来，泪已经挂在脸上了，他说，余年，你要理解我……你不要怪我……我们不能这么下去了，我们分手吧……

我头晕，清醒的理智所剩无几，怀疑自己听错，问，你他妈说什么哪你？

他重复道，我说，我们不能这么下去了……我们分手吧……

太突然了，我什么都来不及反应，愣在那儿，不知道是怎么回事。一颗心像被铁杵捣臼似的，蹂碾得稀烂。

我无言以对，按捺着，希望他是胡说八道；我没有发酒疯，虽然我真的差点儿站起来掀桌子抽他，哪怕仅仅是个胡说的玩笑。

我沉默了很久，费力修饰了自己已经哽咽得快说不出话的嗓子，望着他，尽量平静地问，那你昨晚跟我过生日、吃饭、上床，干得死去活来的时候，这话就已经在心里了？

他看着我，没说话，眼睛盯着地板，发愣。不答我。

我见他那样儿，气得肝火冲天，一拍筷子，碰翻了个碗，碎瓷声特别刺耳，仍然掩盖不住我声嘶力竭的一声大吼："姓康的！我他妈的在问你话！"

整个餐厅陡然安静了，所有客人都噤了声，转过头来望着我俩。

好像一个按了暂停键的世界……如果有倒带键，那就更好了。

服务生和大堂经理走过来关照，怕我俩闹事儿砸场子。康宇还是愣在那儿一动不动，保安只管过来拉住我。我一边被拉着一边吼，康宇！你个孙子，你说话啊你！你现在怎么不吭声了？

我被拉了出去，蹲在路边吐，脑袋像是灌了铅，又沉又痛。过了好久，康宇也被架出来了，被扔在我身边，瘫坐下来。 我俩蹲路边儿，吐得一地都是，狼狈极了。路人绕着我们走，掩鼻嗔怪。

我难受得一句话都说不出来，正在这坎儿上，不知道怎么的，苏予来了。我见她身影，反应过来是苏予，真是眼前一黑，真好，够狠，哪壶不开提哪壶。

苏予一见康宇，就没好气地把他的手机给塞过去，说，我给你打手机，人家餐厅的人接了电话，说你在闹事儿，正好把你手机先扣着了，让我来结账领人，不然就报警！你俩干什么了？喝这么多！

我俩没人说话，苏予跟一当妈的来领俩儿子似的，提着我俩脖子，说，你说啊你们到底怎么啦？

等醒过来的时候，睁开眼，已经是在我俩的家里了。至于怎么回来的，断片儿，完全忘了。苏予坐在沙发上看电视，声音开得很小。我坐起来，康宇还在睡。

简直是尴尬到了极点。我坐起身，怔怔地与苏予面面相觑；康宇躺在我旁边，没醒。我觉得很丢人，赶紧下床来，说，我去洗个脸。

我一下地，妈的，还在晕，头疼欲裂，真想躺回去再睡会儿，可都这份儿上了，再怎么聳也不能丢脸，我强打精神去洗手间洗脸，刷牙，对着镜子看着自己，对自己说，余年，你是男人，一会儿无论如何不能哭，绝对不能哭。

我洗脸回来，走进屋，苏予还坐着。我站也不是，坐也不是，尴尬死了。还是她发了话，说，你坐吧。我正想跟你谈谈。

她语气像班主任似的，我这厢成了犯了事儿的三年级小男孩儿，气势上就败了，真不甘。

她说，我想大概康宇跟你说了，毕业之后我们会出国。

我一惊，暗自在心里问，什么时候的事儿，康宇怎么没有跟我说起过？

苏予镇定地说，看你的反应，估计是康宇没告诉你了。他一直不肯告诉你，怕你难过。那我来做恶人好了。

我不发话，听她继续说。

苏予道：我知道你俩感情好，可是，再怎么好，你们俩大男人也该有个度。康宇家里对他期望很大的……至于我，你可以放心，这么多年我都对他好了，不在乎再多个几年十几年的。我有这个自信，他不管怎么绕，最后还是会回到我的身边来。

这话听得我心里吃惊，这哪里是当年高中时那个瘦瘦白白，柔荑凝脂的弱姑娘。分明就是一个摆足了架势要大战小三的正房太太。果然重情的人在恋爱里勇气不一样。

她顿了顿，继续道：我知道你也是挺好一男孩儿，康宇总是很牵挂你，也担心你。你要懂事儿的话，就别让他牵挂了。你人好，长得也帅，不愁找不到姑娘。你说呢？

我沉默。

末了，苏予幽幽地说：余年，你知足吧。……余年，你们每一次分手的原因，你都是清楚的，要么是他害怕承认自己同性恋；要么是因为我的存在。而我呢……这么多年了，每一次他忽然说分手，我都不知道为什么。我到底做错什么了……我这么爱他的。前一天还在一起逛街，吃饭，说说笑笑，第二天就忽然说分手……谁受得了。我从来不知道，到底是为什么。直到……昨夜。他喝多了说梦话，叫的全是你的名字。我就坐在这儿听了一夜。

她眼圈红了。

我无言以对，只是沉默。康宇醒了，睁开眼睛，看着我俩，眼神是空的，估计还没回过神来。

慢慢地，他意识到事态的严重性，就一脸僵硬地坐起来了。

他坐床上，与我们相对。

我们仨，面面相觑，沉默了好久，好久……

末了，我声音颤抖地问：康宇……你们俩……说要一起走……是什么时候的……事儿……

Scene XII

他们走前我最后一次见到康宇，是在我们那个小屋里。

临毕业了，房子该退了。本来我没有叫他来。反正就是那几天的最后期限，我自己去那个房子里收拾东西，一件件东西，慢慢儿整理，一遍遍细数回忆：

我们缠绵过的床，坐过的沙发，喝过水的杯子，吃过饭的碗盘，洗过的筷子，用过的肥皂，擦过的毛巾，我帮他整理过的衣柜，一起玩儿过的游戏机……

一晃，我们就七年了。

最后几天我一直在房子里面住着，心情沉重，每天只能收拾一点儿，慢慢地整理，温习记忆，然后装箱，腾空，像是决心要把和他的回忆打扫干净。

那天下午，正收拾着，我听见门开了。

我的心提到了嗓子眼儿，不敢回头。我知道是他——

他开门的方式，进门的步骤，脚步，气息……再熟悉不过了……有关他的一切都在缓缓迫近……却又在迅疾远离。

其实自从那晚喝醉过后，这么久以来，我还真没哭过。可是，直到这一刻，我感觉到他就在我的身后，小心而迟疑地渐渐靠近……顷刻间我的心脏才忽然紧缩，眼睛一闭，好大一颗泪就滚出来了。我赶紧擦干：可不能让他看笑话。我忍了这么长时间一滴泪都没有，不能晚节不保，情戏临终让他看不起。

他走过来，从身后抱着我，如同我曾经这样伤心欲绝地抱着他。

我顺从地待在他这即逝的怀抱里，不愿离开。他低头吻我的发，良久未动。

过了很久，我特别低三下气地，怀着最后一丝希望，说：

康宇，你早就把我今生用情全部带走了，剩下我这空壳，很轻很轻的，你别嫌弃，一并捎带了吧。

……我真的不想离开你。

他没有回答。又是一阵静默。我挣脱他的怀抱，正过脸来，看着他，二话不说就开始脱他的衣服。我不知道除此之外我还能用什么方式要他记得我。而我知道那是我最后一次见他了，也许。

他反常地，不动，捉着我的手，要我停止。他说，不要了，我不想，没心情……我想最后跟你静静待会儿，行吗？

后来。我们就没后来了。

没有那么理想的故事，他们的确是走了。两人英语都不好，去了澳大利亚，不是什么好大学，只是去镀金混个文凭而已；而我觉得连这个都是借口吧，康宇是想逼自己正常回去，离开我。罢了，听说他们要读两年，学制跟一般的还不一样。

送别的机场，我可没有去。我承认，我不敢去。

Scene XIII

他和苏予离开的两年，我的世界安静极了。我本来已经离开了老家，去外地找了工作。因为这个地方我真有点儿待不下去了，随便一出门，就是回忆。我们的高中，上学放学的路，看过片儿的电影院，吃过饭的餐厅，逛过的街，周边去过的景点，还有大学……

我无法活在幻觉里。

在外地，我的工作很普通，只是广告公司的小职员，做文案，薪水特别少，过得很辛苦。跟人合租了一个房子，我只住一间。每天上班，下班，心里空得厉害，像个没魂的鬼。坚持了大半年，不知怎的，我突然得了急性脑膜炎，高烧，住院，家人吓得不轻，赶紧把我接回老家照顾。

一病又是大半年。时间像在生命的水面上滑翔，优雅散逸，转瞬即逝。

我想起我的亲生母亲来。这些年我沉溺在自己的感情世界里，恋爱大过天，悲喜乐忧，全都系在康宇一个人身上，忽略了亲人。我的父亲，小妹，陈姨……他们的生活，情感世界，我一无所知，也从没有主动过问……其实他们对我也是这样的。

康复期间，我便常常去看望我的母亲。看她一点点老去，一点点枯萎。她枯瘦的手，抚摩我的脸，我们相对而坐，不怎么说话，就只是静静陪着对方。

我陪着母亲，彼此无言，也许我们都在细细咀嚼逝去的时光。我不知道她的回忆里有过怎样的风景，我只知道我那丝毫谈不上深刻或者丰富的生命履历，所有的栏目里都只填写着同一个名字。

苦笑——这就是我懵懂而失败的涉世，初尝何以谓人情。它的暴烈与脆弱，叫我付出莫大心力仍显得徒劳无功，只不过因为背负了天真这一罪名。

病好了之后，父母开始给我张罗新的工作，并且给我找女朋友。这些事儿，我很顺从，并无反抗。给我找的女孩子，我也都礼貌对待。

女孩子最初都觉得我就一君子似的，特干净，特温和，又彬彬有礼。可是处久了，到底是没有感情，总会觉得少了什么——还不是少了一星半点儿。女孩子总免不了最后质问我，你到底爱我吗？我只能沉默，最后也就不了了之了。

偶尔在网上我也还跟康宇联系，彼此像老朋友，我问候他的生活，学业；他问候我的健康，工作。别的，都是雷区。我们都不提，也不敢问。

后来我又有了工作，就在本地。待遇还不错，又有家人照顾，过得很平静。想来，血浓于水，无论遭受了什么坎儿，什么委屈，腾达了，落魄了，最后还是只有回家来——哪怕家人对你的腾达或落魄，对你的辛酸或幸福，全都一无所知——可是家就是家，亲人就是亲人，哪怕对你一无所知，也会无条件地给你包容，和爱。

后来我还跟黄小琦又联系上了，我俩经常打电话，她告诉我她和小叶还是没有分手，还在一起，只是家人逼得好紧，只能地下状态了，走一步看一步吧。

我打心里祝福她俩，就像一对儿模范恋人似的，希望她们能顺利，希望我无法实现的天长地久，她俩能实现。我俩因为彼此的感情秘密，变得很熟很熟，经常打电话，而且一有假期，我还会去她的老家看看她们……那也曾经，是我幼年时代待过的地方。

但是每每黄小琦问起我和康宇，我都不知该从何说起。

她见我不知怎么说，就笑呵呵打圆场，经常半开玩笑半认真地说，我说余年啊，不如让小叶嫁给你吧，我们会成为一家人，多好。

我笑，真的不知道怎么接她这话。

朝九晚五的生活，我每天上班下班，努力工作，勤奋平和，为人低调，单位里的人都对我印象不错。而祝乔就是我病好了之后家里人给我介绍的女孩子。

大病一场，我的心态变了很多，觉得生命可贵，而这么些年，我也已经很对不起亲人了，别的没出息，所能做的只是不再让他们为我担心。

本来我也心死了，打算就找个姑娘过日子吧，也算是对家人一个交代。祝乔也是好姑娘，我俩就处上了。可是康宇生日那天，我打了电话过去，对他说生日快乐。他告诉我说，他就要回国了。

想到他要回来，我心情又无法平静了。

重逢的时候，他没怎么变，长胖了一点。

我们约在一个咖啡厅见面，两年不见了，我们都有些生疏，有一搭没一搭地关照彼此，说些冠冕堂皇的废话，对话累极了。

我终于鼓起勇气，问，苏予呢，她好吗？

康宇顿了顿，喝了一口茶，眼光游移，淡淡地说，还好。

我不想转移话题，以固执的沉默等他打开话匣，想听听他这两年的心情。

他还是没有说。

我觉得很失望，想，大概是彻底没戏了吧。剩下也没有聊什么了，出了咖啡厅，他问我要不要开车送我回去，我说不用，他也就淡淡地点点头，说，那你自己注意点儿，我先走了。

我拾起了少年时候的习惯，站在原地，目送他离开，直到看不见。

可是那天晚上，他给我发短信，说：余年，这两年，没有你，我都不知道我怎么熬过来的。我跟她在一起，却常常满心都是你。

末了，又有一条，他说，我觉得，两个人的最高境界，就是不要在一起，也不要不在一起。就像我和你。

第三条，他说，造化弄人，我真的不甘心，但也很无奈。你原谅我。

我看着短信，愣得说不出话来。

我不知如何回复，他那边到底如何，他到底什么意思，苏予呢，他家人呢，而我这边呢……我捏着手机，盯着屏幕，百感交集，完全忘了祝乔她人就在家里。

第二天晚上，我下班回来，就看到祝乔一脸严肃地坐在沙发上，一动不动。

我说，你怎么了？

她开门见山，质问我，余年，你跟我在一起，到底为了什么？

我不知道她这么问，用意何在，就没接话。

她继续问，你真的爱我吗？

我还是沉默。

她说，对不起，我看你手机了。你昨晚的短信。……可是，我不相信。

原来如此……我无言以对，有些愠怒，又自知理亏，只能说，对不起。

她倔犟地看着我。不说话。

如果要说我有开始不喜欢她的时刻，就是从那个瞬间开始的吧。太固执太强硬的女人，喜欢将对方纳入自己的轨道来控制，我不喜欢；又或许是她的那句“我不相信”，让我啼笑皆非。

接下来的时日，康宇时不时总给我发短信，对话轻重并济，又有玩笑又有深情，我没有免疫力，又陷进去了——大概是我从来就没有出来过。

有天他打电话给我，说：晚上下班了吃个饭吧，我在餐厅等你。报完了地址，不等我回应，他就说，不见不散，撂了电话。

我怀着很雀跃的好心情，收拾了自己，本来想换一身休闲装的，可是转念一想，希望能够给他一个全新的印象，何况那餐厅也不是随便的场所，于是我特意穿了一身正装，打好领带，收拾了发型，在镜子里看看自己，还挺满意。

我在商场挑了一只领带夹，作为小礼物，包装好，带上它打车到了餐厅。服务生领我到桌位前——我傻眼了，苏予也在，着了雪纺长裙，妆容精致。康宇也穿得很正式。

我心情一沉，预感非常坏。所幸我没有穿那一身孩子气的T恤牛仔，否则真是傻到了极点。

康宇温和地对我说，余年，坐啊。

我很镇定地把礼物递给他，他接过来，很愉快的样子，当面拆开，拿出领带夹，对我说，真是谢谢啊。

我冲苏予微笑，说，你好啊，好久没见了。对不起……我不知道你要来，没有给你带礼物。

这话一出，大家都体会到了一点儿微妙的尴尬。苏予微笑着点点头，举手投足之间已经很有成熟女子的范儿。那个瞬间，我确实再次觉得他俩非常般配。

点菜，吃饭，敬酒，我们像是客户与经理的商务餐，礼貌而克制。我心里是很失望的。

末了，菜上齐，康宇顿了顿，看了一眼苏予，好像得到了她的眼神肯定似的，对我说，余年，其实这次见你，我是想跟你分享一个消息。

我心里一沉——果然，他轻轻握住苏予戴了戒指的左手，说：“我们打算结婚了，明天去扯证。”他轻轻笑，又继续说，“酒席过段时间再办吧。就是想和你分享这消息。”其实我知道这一刻早晚都要来，何况我从前也说过，希望他如果要娶就找苏予。可是现实临头，我还是难以抵御那种重击。

后来他还说了些什么，我早都无心细听了，只盯着他嘴唇在动，脑子里满是他携妻带子的欢欣情形，他要做人夫为人父了，余生幸福也好痛苦也罢，恐怕再无我的份……

我顿觉寸断，整个人都碎了，掉一地渣子，可他从这渣子上踩过去时恐怕也不会多给我一眼的。

那顿饭吃得很艰难，我努力维持情绪，镇压五脏六腑不至于倒戈溃散。

席间我问过的最微妙的一句话，无外乎是，康宇，为什么你要告诉我这个消息呢？

他似乎很意外我这样问，当着苏予的面说，你是我最重要的人，我的一切，都想和你分享，都要让你知道啊。

既然如此，我也就无言以对了。我只祈求早点吃完，放我回去吧。

那夜临别时，我们起身，康宇定了定，对苏予轻声道，你先去开车门吧，把空调打开。我要结账，顺便跟余年说两句话。

苏予知趣而懂事地回避开了。那个瞬间，我也彻底看到了她的不容易。

爱没有放过我们每一个人……我有几多心痛，她并不比我少。

包厢只剩下我和康宇。气氛很静，像凝固一样。

我终于忍不住，阵阵心如刀绞，扑过去抱着他说：“结婚有什么意思！你们肯定还会离的，我却能在你身边一辈子！”

康宇任由我抱着，不说话也不动。末了，很久很久之后，他只是哽咽说：“别傻了，没可能的。”

他话音落毕，我顷刻泫然。

我从这个含意悲伤的拥抱里看到了我们感情的末路。

他抱着我，说，……其实我也不想这样……我不想失去你。

我苦笑：康宇，你要我走，我就走得干干净净，你要我留，我就留下来和你在一起；可你不让我走也不让我留，你到底要怎样？还是你两个人都想要，一个做老婆一个做情人，一辈子围着你转？

他脸色变了，说，余年，你不要胡说。

我说，康宇，是你不要胡来。

他无言以对，脸色冷了下来，说，本来是想和你分享我人生最重要的婚事，可能我想错了……苏予还在下面，你冷静下吧。我先走了。你注意安全。随时联系我。

他竟然就这么走了。

他走后，我颓坐，仍盯着那扇门，总觉得他一会儿肯定还会反身回来。我咬着牙就这么盯着那扇门，很久很久，天色不知何时已经全黑，我坐原处，明白这次康宇他不会回来了。

我只觉得这瞬间，我目睹着我与他的感情迅疾地溶解在了时光之中……像坠入杯中的砒霜粉末。但即使这样一杯岁月伤情，我也不敢饮鸩止渴。

是夜我想起一首歌，于是给他写了一封信，端正地抄下歌词，寄了出去。

无论往后还是否有故事，我只是，很累，很累了。

李宗盛《给自己的歌》

想得却不可得，你奈人生何。该舍的舍不得，只顾着跟往事瞎扯。等你发现时间是贼了，它早已偷光你的选择。

爱恋不过是一场高烧，思念是紧跟着的好不了的咳。是不能原谅，却无法阻挡。恨意在夜里翻墙，是空空荡荡。却嗡嗡作响——

谁在你心里放冷枪。

旧爱的誓言像极了一个巴掌，每当你记起一句就挨一个耳光，然后好几年都问不得闻不得女人香。

往事并不如烟，是啊：在爱里念旧也不算美德。可惜恋爱不像写歌，再认真也成不了风格。我问你见过思念放过谁呢？不管你是累犯或是从无前科，我认识的只有那合久的分了，没见过分久的合。

岁月，你别催：该来的我不推。该还的还……该给的我给。走远的我不追。

我不过是想道尽原委，谁能告诉我这是什么呢？他的爱在心里埋藏了抹平了几年了仍有余威。

……

想得却不可得，

你奈人生何。

想得却不可得，

情爱里无智者。

ACT THREE

The Years of Addiction

| 土耳其安纳托利亚高原 | 古罗马剧场废墟 | 二〇〇七年

Scene I

毕业回家的夜航飞机上，我向舷窗外探望：不知名的城市在黑暗的地表燃烧着星线交织的灯火，织成一张璀璨的巨网，像极了俯瞰火山熔岩喷发——赤红的岩浆撕开地表裂缝，迅速渗透并流动，呈放射状蔓延。

我收回俯瞰熔岩之城的目光：一年的日子就这么飞逝而去了。我的记忆乏善可陈，寡淡一杯，寻常年岁。但没有往事，我不成我。

想起龙颐来，他站在骰宝赌桌前的神情我一直都记得：真是从来没见过那般目光，尖锐得像电钻，死死盯着液晶竖屏上的往局记录，嘴角轻轻张翕着，祈祷，或者诅咒。

大，大，大，大，小，小，大，大，小，大，大……我知道他在试图捕捉缥缈虚幻的规律，概率，辅之以直觉，来为他的筹码找到落脚之处。

他只押大或小。

“这是中国式的赌法，所以西方赌场中骰宝不多，这儿有那么几桌。”龙颐对我解释道。那还是我第一次陪他去赌场的时候。他轻车熟路地带着我，径直走到了最小押五十的骰宝赌桌前，站定。

我低头一看满桌的数字，字母，真觉得头晕，强作镇定，或许出于害怕被嘲笑的卑微心理，我不问游戏规则。

旁边的几桌，最低下注一百。而骰宝这种低级的把戏，都是些拿着小钱的散户在聚集。一百的筹码对于他们来说都过大。这一桌最低押五十，所以桌前挤满了人。在陌生的胳膊与身躯间隙，龙颐简洁地对我解释道，看到了吗，庄家那里有三只骰子，就装在钟罩形的骰器里。三只骰子的组合，4到10为小，11到17为大。赔率一赔一。其他的组合方式，还有看单双的，看点数的，看个别数位的，赔率不一。

龙颐说，买大小最划算，胜出率48.61%，赌场优势只有2.78%，所有花样当中最低的。运气好的话，一赔一也能赚几笔。

可是就像谁也不知道自己的运气会好还是不好那样，他沉溺于赌桌前身心紧绷的刺激当中，对未卜的结局跃跃欲试。

大厅里灯火辉煌，深红地毯铺得纸醉金迷，老虎机的碑林闪着花花绿绿的灯光，21点，轮盘赌，骰宝，桥牌，麻将……一场盛大的宫廷狂欢栩栩如生。龙颐酷爱骰宝游戏，别的不玩儿。用他的话说，术业有专攻。他感觉很顺的时候，下手很准。

在挤挤攘攘中，我观察着行色各异的赌客。他们高度紧张亢奋的神情，与完全面无表情的庄家总是形成鲜明的对比。庄家手前那玩意儿，牵动着所有赌客的心。锃亮的盅罩与盅座可以分离，庄家连续按下把手三次，三只骰子在盅罩里跳动，之后灯亮，客人开始下注。稍事一会儿，庄家按一下铃，伸出双手作停止下注的示意，开盅。所谓庄家，不过是相貌平平的打工女仔，在这等场合，却早就培养了一副势利到极点的嘴脸。她们会交换眼色细声低语，用广东话取笑某些笨拙而穷酸的新客人。

此刻，龙颐的眼睛死死黏着在赌桌前竖着的液晶牌子上，默记最近十次扔骰的记录。记录在刷新，十局以前的不再显示，因此他要抓紧捕捉感觉。

一个陌生人不小心碰到了龙颐的肩膀，他顿时怒不可遏，用广东话骂："屌，发鸡盲啊你？"那人竟也噤声，悻悻而去。

赌场忌讳数不胜数：进赌场前不能看书或者带书；进了赌场绝对不能被摸了头或者碰了肩膀……"会输。"他说。

Scene II

好多事就像雨天打着的伞，你冲进房间就狼狈仓促地把它收起来扔在了一角，那褶皱里仍浃着这夜的雨水。过了很久再撑开，一股发潮的气息扑鼻而来，即便是个晴天，也会令你想起那场遥远的雨。

本科四年我基本上就是打了一趟酱油，一路浑浑噩噩地玩儿着，到家的时候酱油洒了瓶子也空了。回头想，果然不是我上了大学而是大学上了我。

我本科读的专业是旅游管理，不用脑子也能毕业的那种。毕业之后我想申请澳门的大学，读个旅游管理方面的授课式研究生镀一下金，毕竟就业形势太严峻，想来想去，在澳门读研算是性价比相对较高的选择了，出来以后争取进好的旅游公司做国际导游：这就是我能设想的，最棒的人生了。

我跟家里人说起去澳门的打算时，爸妈说，考虑下吧。我特意看了看我哥，他似乎心情不太好，没有表态。我也没有过问。

哥哥叫余年，与我同父异母，看着我出生。父亲问，喜欢妹妹吗？祝福你妹妹一下吧。他答，希望我的妹妹永远快乐。父亲一听，说，那妹妹就叫余悦吧。

可是我不快乐。

我一直都特别嫉妒，为什么他可以长得那么好看，而我就不行。男生长那么好看有什么用，上帝真是把我们搞反了。多希望我的皮肤可以像他那样白净，又不长痘——至少不要像现在这么黑——真的有点儿太黑了。个子，再高上十厘米就好了，现在这么矮，没有太重都显得敦敦壮壮。当然如果再瘦一点，那就完美了。对了，还有头发……我满头的自然卷，发质还特别地硬，就算拿时下流行陶瓷烫的审美观来比照，都不好看。我好羡慕那些发质垂顺的女孩子，可以留着披肩长发。

总之一旦稍不注意收拾打扮，我就像菜市场垃圾堆里的某只坏南瓜那样糟糕。

我与哥哥年龄差距不小，也不在同一个学校，否则的话，不知有多少女生会找关系托我要做他的女朋友呢，像日剧里的那样，毕业时胸前的校服扣子都要被哄抢……罢了，那些都是我的幻想。我只是觉得他生在福中不知福：长那么好看，还有什么好难过的呢——长年累月，他专心致志地与他的心事相处，对周遭沉默以对，并不与家人多说话。无论是我，还是我爸爸妈妈，似乎都被他的世界拒之门外。

我常想，如果我有哥哥的外表，那我一定做梦都在笑。所以我想不通为什么他做梦都在哭。是真的，我不止一次见过他在自己房间里莫名其妙落泪，神情伤心欲绝。我想，或许是他心里有爱的人。他那么好看，也会为情所困？他的眼泪，我无法理解。

所以我也曾很小心翼翼问过他：哥，你怎么了？

他说，没怎么。

没怎么你哭什么？

你不懂。

那你说说看啊。

我说了你也不懂。

那我也不开心，你听我说说话吧？

余悦，我现在真的没心情，我不想听，也不想说。下次吧。对不起。

……

我只能悻悻而去。所谓的，中国式的家庭隔阂。

我不再问，他也再不说——本身也没有说过。

话说回来，母亲的基因太重要了。我见过几次哥哥的生母，虽然已经双腿瘫痪，形容憔悴无比，但仍然看得出来是一个美人胚子。

我的妈妈，哥哥唤作陈姨的，相形之下就非常的普通了。

爸爸妈妈都很爱我，尤其是妈妈，她是儿科医生，又很会做饭。每一顿都给我做很多好吃的，我自小就是中午两碗饭，晚上两碗饭，加上无数的菜肴，胃口好得不得了。小孩儿哪儿来节食的觉悟，我只顾着吃，发育以后，身边的女孩子们出落得越来越好看，而我的个子跃了三四厘米就再也不见长高，开始横向发展，从敦实变成了虚胖。

我开始极其厌恶照镜子，也从来不照相。看到身边白白净净的漂亮女孩，我心里都在窝火。

直到后来我看到一句话，说：做人啊，要有勇气改变可以改变的事，有胸怀接受不能改变的事；要有智慧分辨什么是可以改变的事，什么是不能改变的事。

尽管整容科技越来越发达，但是像我这样到处都需要整整却又没有那么多银子的人来说，外表就纳入不能改变的事项罢。总之这句话对我的影响非常大，我将它贴在我的宿舍床头，每天起床睡觉之前都可以看一眼，告诫自己，今天一定要开开心心地过，明天也是。

然而我好不容易建立起来的信心，很轻易地就被一个男孩子给掐灭了。

是我的初恋，在大一的时候。他是一个比我高一届的男生，体育课的乒乓球班上认识的。

他乒乓球打得不错，我也不算太差，至少没有外表看上去那么笨。大概是我的球技超出他意料的好，所以那天他耐心陪我打了一节课，没有换搭档。中途双方交换球台的时候，他微笑，说不用换了，我们就这么打吧，我这边地面有水，你会滑倒的。

等快要下课的时候，我才发现，他那一边球台，脚下积水不浅，他陪我打球，整个裤腿都湿透了。

我就因为一截溅湿了的裤腿，不可救药地喜欢上了乒乓男。

后来的过程却一败涂地，他并不喜欢我。但我暗恋了两年，又无意中在喝醉了的聚会场合对他表白了，那时乒乓男一定很寂寞，所以就权且和我在一起了——在一起了不到一个月。

最后一次给他送夜宵，我抱着温热的饭盒欢快地跑到他宿舍，饺子香喷喷的气息令我沉湎于一厢情愿的好心情中，像一只刚下蛋的母鸡那样骄傲。然而，站了很久，没有乒乓男的人影。我忍不住再一次叫他的名字，屋内却爆发出一阵笑声，然后传出一个陌生男孩儿不怀好意的声音：他让我告诉你说他和美女逛街去了，晚上不回来！

话音落下，屋内又是一阵爆笑。

我愣在门口，傻透了，犹疑而短暂地纠缠于最后一丝希望，最终还是放下饭盒，落荒而逃。

此后有那么一段时间，我的确像是一个苦苦索赔的难缠顾客，终日拎着一颗血淋淋的心，阴魂不散地追讨他的良知，又隐隐盼着他给我一个回心转意的赔偿。

他被逼得不行，大声说，我在你眼里到底哪点好了？我改行不行？你不要再来找我了好不好？

他弃我如抖落衣肩上的尘埃，离开得不屑一顾。

剩下的情节毫无新意：失恋的我非常伤心，几近一蹶不振，我又一次从头到尾，从内到外，从始到终，认定一切都是我的外表造成的。那些日子天天失眠，哭，无心吃饭，心情沮丧，旷课，脸色阴沉，开始消瘦。

家人见到我这样的低落，带我去看心理医生。一个年轻的白大褂问了问我近况，感情，学业，人际，等等，神情飘忽而敷衍。尔后他给我做了一份测量表，看了看结果，说，小妹妹，你现在就是有点儿中度抑郁症。吃点药就好了。

其实他应该告诉我：小妹妹，你不过就是失恋，过一段时间就会好起来的，只要转移注意力，自我调节心态，并无大碍。

可是医院大概都想卖药吧，于是白大褂毫不客气地给我开了好几盒国产的盐酸帕罗西汀，叮嘱每天早上服药一颗。

果然效果很好，一个多星期之后，我就觉得神清气爽，心情愉快，一扫阴霾。上网查了查药理，觉得现代医学真是先进又神奇。血清素，也就是五羟色胺，是一种重要的神经递质，它与人类的一系列行为问题有关，包括食欲、情绪等。而通过抑制神经突触间隙递质的再吸收，增加该递质的游离浓度，就能达到治疗抑郁的功效。

用药之后我状态很好，只是不知为何我的食欲骤降，比之前更不想吃东西，而且不觉得饿。情绪低落时期没有胃口很正常，可是现在我心情愉快却厌食，令我好奇是不是药物作用。百度不足信，我进了CNKI数据库搜索有关抗抑郁药的医学论文，很多证据都表明它们都有降低食欲，减轻体重的副作用；而其中的一种进口弗西汀就是能治疗暴食症的，有利于控制食欲达到减肥作用。

真是歪打正着。

很快，我发现我的裤子大了，脸小了，惊喜自己变好看了些——因为我瘦了。

人瘦就是好啊，能穿好看的衣服，能拍照。于是我开始决定，趁势继续减肥。大四一年反正也没课，闲着也是闲着，抱着破釜沉舟的决心，我开始专心致志地减肥，严格拟定了条款项目，坚持执行：

早晨早起，喝水，偶尔半杯脱脂牛奶；如果太饿就吃一个苹果。偷偷去卫生间里给肚子上裹保鲜膜，到操场晨跑，实在跑不动就散步。运动要超过二十分钟才有意义，因为据说那时糖代谢才开始转换能量。中午到了，去食堂打两份素菜，一个鸡蛋，不吃米饭。食堂的菜真是油腻极了，我总要带一个碗，打一些温水，吃菜的时候夹进去涮涮，洗掉油再入口。晚上必然是不吃的，如果实在太饿，就喝小小一杯脱脂酸奶，吃个猕猴桃或者黄瓜。不过因为有药的副作用，我不怎么饿，饿也不愿意吃。

油炸类，甜食类，一律不沾。托了那药的福，我闻到肯德基麦当劳就想吐；巧克力或者甜甜圈之类，更是从不问津。

进食控制好了，运动必须加上。散步或者慢跑都是每天的必修课，哪怕例假来了都不偷懒，会慢慢走走，活动活动，比如跳绳。

帕罗西汀的说明书上注明了服药期间不能食用某些减肥药，所以我也没有尝过后者。听吃过的那些女孩儿说，实在是太难受了，贵不说，要么是导致严重失眠，口干舌燥，要么就是腹泻得几近脱水，整个人脸色蜡黄，头重脚轻。

我只用节食和运动的方法，坚持了一年。一切都非常的健康而科学。

什么叫做功夫不负有心人：毕业的时候，我瘦了二十七八斤。别人一看我都觉得我变了一个人。那年夏天是我活这么久以来最开心的日子。我买了好多新衣服奖励自己。

四年了，我终于去拍了一次照，也就是毕业照。我穿着宽大的学士服，有点遗憾减肥成果都看不出来了。虽然脸蛋上镜之后要显胖一点，不过已经比从前好太多了。

Scene III

生命就是一场瘾。上瘾。过瘾。戒瘾。小至一根香烟，一款网络游戏，大至一段爱恋，一生事业。生命由无数的瘾构成的，只不过深浅不一。我们逃出一个瘾，又落入另外一个，枉然了挣扎的意义。

前些年那个红透了的《断背山》最后，有句台词是，I wish I knew how to quit you.

再深情的话也不过如此了：我希望我知道如何戒掉你。

我不知道龙颐在赌瘾之前是否有过其他的沉迷，我是没有的。可是这话很快就被我后来的经历推翻了。

临了去澳门前，爸爸说，是药三分毒，帕罗西汀你还是停药了吧，别吃了。我看你也好得差不多了。

我点点头，说，好。

悲剧的事情发生了：由于缺乏用药常识，我停药太突然，血清素骤然降低，食欲神经的调节完全紊乱，再加上节食整整一年多所造成的食欲压抑，一切都在我去了澳门之后爆发了。

如果有那种美剧里常见的集体心理诊疗，我就应该站起来告诉所有人：是的，我患了暴食症——吃。无法戒掉吃的冲动和渴望。只要身边有食物，都会统统吃完。

刚刚开学，我还沉浸在我减肥成功的骄傲中。初来乍到的一个星期，吃不惯那儿的东西，觉得饿。第一个周末，我去超市买了很多的吐司面包等食物。不知道是不是太饿，我竟然一个晚上就吃掉了整整一大条吐司面包，就着一大瓶牛奶，还有零食若干。

从那个黑色星期六起，我的食欲像火山喷发，没法遏制。我无可救药到一整天什么都不做，除了吃，什么都不想，也不能做。颓坐在地上，拉开冰箱门，一层层地翻出食物，开始一股脑地吃，一直吃，一直吃……两个梨子，两个苹果，一个橙子，一个西红柿，一盒蛋挞，一罐酸奶，一整袋吐司面包……我撑得要死，食物几乎快要从贲门涨到食道，溢出扁桃……但是我还是停不下来。

我的世界如同台风过境，乱了天下。

撑得胃痛。而更糟糕的，是担心发胖。各种糟糕透顶的心情如洪水决堤，我焦躁难安，于是吃：不能控制地吃，吃完我又无限内疚，担心发胖——心里越难过越吃，越吃越难过。

不出所料，两个星期不到我就胖了十斤，脸又圆了。我沮丧到了极点，我想要赶在食物转换为卡路里之前赶紧吐掉，于是我常常是在暴食之后，赶紧冲到卫生间去，用手指抠着喉咙，不停地催吐。

至今记得第一次催吐，我怎么也吐不出来，蹲在马桶前，脸鼻都埋了进去，全身都在使劲，腹部因为过度用力而一阵阵痉挛。埋在马桶里的时候，我恶心自己的此时此刻，几乎没了人形。最后终于吐了出来，一股脑的……混着眼泪。可是那次催吐之后过了半天时间，我的脸上很快出现暗红的细密血点——我的整张脸，都因为过度用力催吐而剧烈充血，皮下毛细血管全部破了。

那张脸，三天没法出门见人。

而即便不是因为那张脸，我也觉得我已经无脸见人了。

龙颐，是我的室友之一。我与龙颐，还有另外一个女生C共住校外公寓，每人一个房间，共用厨厕。C总是不在家；而龙颐很宅。

某一次我又暴食了，深夜。我吃掉了三包饼干，就着一大盒鲜奶，还有零食若干。我几乎是一边吃一边哭，一边哭一边跑到厕所催吐……那样子真是比鬼还难看。

等我出门，龙颐像从天而降似的，斜斜地靠在门边，双手插兜，面无表情地看着我。问：你没事吧？

我觉得我像是一个正在自慰的偷窥狂被当众抓了现行似的，比那更甚：我难堪到了极点，只能落荒而逃。

我逃回自己的房间，关紧了门。扑上床，不停地哭。我想极了爸爸妈妈，真想告诉他们，我病了，我想回家，我想戒掉食欲……我溺水于各种消极情绪的深渊，懊悔，丧气，暴躁，郁闷。拿着父母的血汗钱，来到这里读书，却得了暴食症，时间与金钱全部浪费在了那些吃下去马上就吐出来的食物上，荒废了正常的生活。我不知道我的爸妈看到我现在这个样子，会有多么失望：我每一天的主题，都是吃，与吐。看着镜子里的自己越发的胖，脸色沉暗，恨不得去死。

食物对我来说比海洛因更糟糕：重度上瘾的吸毒者或许还快活过一把，而我整个过程中连一丝快感都没有。

我吃，只是因为我无法不吃。

正在我哭得难受的时候，龙颐给了我一条短信，说：你要是不开心，我带你去一个地方吧。

Scene IV

有人写过：尽管人是这样的令人失望，但我还是头一次这样清晰地感觉，人需要人。而我常觉得这种需要，不过是人在无望之时乐于参照彼此的落魄，由此寻得一张安慰的垫背，去除孤独至底的标签。

手机一个星期都不会响起来一次，电邮里面全是信用卡公司的广告和招聘公司的群发消息。没有朋友，我也拒绝与他人交流。我怀着一个莫大的耻辱的秘密，活得像水塘中的抛尸一样，越发肿胀，丑陋，毫无生气，浮浮沉沉。

这个时候龙颐走进我的世界，他说，我带你去我最喜欢的地方吧。

第一次陪他进赌场，我们去码头坐赌场的免费Shuttle Bus。码头上有太多的游客，好像都是刚下船就上了车，一辆辆气派的大巴源源不断地把客人运到赌场去。旋转门悠悠打开，一片灯火辉煌，与他的眼睛一样，瞬间发亮。我觉得这里的华丽装饰与赌博本质一样，像罂粟花儿，妖冶致命。

他转身过来说，我真希望能去看看蒙特卡罗。

可我不知为何，面对整整一座华丽妖冶的赌场，人群攒动的样子，我脑子里一片安静，像是电影画面的配乐那样，耳畔响起巴赫的《平均律协奏曲》。

龙颐买了三千筹码，拿在手里熟练地把玩，发出咔咔咔的清脆声音。他以熟客的姿态，站在赌桌前观望，人群对他来说好像不存在。他开始寻找感觉。

液晶竖屏上的记录开始出现很规律的节奏，大大大小小，大大大大小，大大小小小。这个当儿，我看到他下注了。五百，押大。

他并不紧张，好像胸有成竹。果然，开盅了，15点，大。他赚了五百，面无表情，好像是应该的事情。第二局他继续押大，仍然是五百，又赚了。

连续四次，他都押对了。赚了几笔，他的嘴角终于浮起一丝微笑，回过头来说，今日不错啊，你很给我带好运！一会儿请你吃饭。

听到“吃”这个字眼，我就怕了。我说，你慢慢儿玩，我去别处看看。

闲逛，看到一桌玩儿扑克牌的大客户，什么把戏我不清楚，五个膀大腰圆的男人分坐一圈，长得真是一模一样：头脸身形皆呈扁扁塌塌的一堆，乍一看区分不出异同，皮肤糙黑，放肆说笑，一口黄牙。其中一个人伸出一双手，在绿呢绒的桌面上哗啦啦地耙着筹码，三根手指上分别捆着翡翠金戒指，白玉金戒指和钻石金戒指，俗浮至极。

他们中间极不协调地插着一枝花儿一样的女孩儿。我猜想她应该是个富二代，或者某有钱的二奶。穿了一件奢侈牌子的白色夹克式外套，头发却扎起马尾，搭配得非常青春，也就二十左右的样子，相貌不错。

一桌人气氛非常热烈，五男一女的格局引得路人纷纷围观。围观者形形色色的目光游离在这桌人身上，几乎汇成一条黏黏的浊流，托着他们纸醉金迷的幻觉之舟，高高在上。

这桌人不去VIP厅豪赌，只在这大厅玩儿，我猜想他们要么只是实力中等的款爷款姐，要么是不喜欢寂寞，想要在人群中露富，享受被人垂涎的快感。他们手里全是黑色与金色的大值筹码，下手非常豪爽。有旁观已久的好事客用北方话在低声地骂，我操，这娘们儿半小时输了七万还笑，笑你奶奶。

我正离开他们那桌的时候，人群忽然爆发出一阵喊叫，伴着女孩儿尖厉而撒娇的嗔怪——约莫无非是大笔输赢。而我始终没有回头。

等我绕回去找到龙颐的时候，他的脸色已经变了。他见到我就气哼哼地说，你干吗走？你一走我就开始不顺！

我没说话，没敢问他输了多少，我只是看了看他手里的筹码，赢的都搭进去了，估摸本金损了大半。

龙颐想要翻身，不肯放手。他几近勒令我：你就待在这儿陪我，不要走。他不再说话，站在桌前观望了很久很久，神情非常紧张。大与小的规律已经不见了，全乱了，押哪个开了都是反的。用他的话说就是，运势走了就是走了。大小单双的出现全都很乱，龙颐特别心急，最后他竟然没买大小，而是下注了一个特殊的点型，赔率一赔五，想一次性翻身。我说，你别这样。

他说，不管了。

他的那一摞蓝色筹码，卑微地被垒在桌面的格子上，仿佛一串无辜的贱民在等待审判。开盅，他仅以一点之差，输了。

龙颐丧气地骂：屌。

像一杯无奈的烈酒。

Scene V

输掉了几乎所有筹码，龙颐带着丧气的神情，和大批同样丧气的赌客一起，坐着赌场的免费大巴，回到现实世界。

少年时我迷恋奥地利作家茨威格，读他的《一个女人一生中的二十四小时》，犹记得女主人公垂怜过的那个赌客——他那双经过茨威格的精心描写而闻名世界的手，以及绝望的眼睛；一个被赌瘾折磨得不成人形的死魂灵。故事发生在蒙特卡罗，龙颐向往的赌城。他说，“我只去过拉斯维加斯。”

我们找了一家餐厅吃饭。他要了酒，开始跟我说话。

龙颐父亲是官商世家，靠山雄厚，赚了不少钱。包了些女人，爱上了其中一个，蹬了老婆。这些都是再寻常不过的故事了。

而这个后妈，比少年龙颐大不了多少岁。他叫她青姨。青姨与他父亲纠葛已久，是父亲在顶级会所认识的公关小姐，本是外语学院英法双语专业的大学生，退学肄业。父亲对其一见钟情：素娥淡伫，一笑浅兮，似晨荷泻露，玉月初盈。

但青姨骨子里风尘至极，薄幸名存，尤其好赌。父亲败给美色，坠入情网，认了真。名车豪宅皆一一奉上。追逐青姨的富家老少多如过江之鲫，匹敌父亲家业的大大有之，但是青姨甘于委身，着实是因为龙颐父亲长得还算仪表堂堂，虽说有些发福走形，但好歹看上去干干净净，不像其他那些款爷富佬，皮糙肉厚，扁扁塌塌的一坨，远远见那张脸，就令人联想到一张酒臭烟黄的嘴，一身酸馊刺鼻的汗味儿。

可是自从有了青姨，龙颐的母亲便伤透了心，家里鸡犬不宁。终于离了，父亲便和青姨闪婚。蜜月之地，拉斯维加斯。

龙颐亢奋地说：我可是从来没见过那么美的女人——赌桌上的女人！

拉斯维加斯花花绿绿，各大赌场里的客人形形色色，尤其在大厅里，讲排场者有，但多数人并不刻意讲究穿着，每个人都盯着自己的钱，谁看你。

青姨却不同，每每总在VIP厅豪赌，穿一身黑色的奢华定制套装，黑发优雅而不失风韵地盘起，手持装饰着墨绿翎羽的黑色丝绸小晚礼包，庄重高贵，如同参加葬礼的皇室成员；要么是一袭墨蓝的露背晚礼裙，华钻项链衬着皓白肤色，熠熠生辉，卷发散放下来，披肩如瀑，豪爽聪伶，却矜雅如斯。

赌桌上的男人望见这女子，早都无心玩儿牌，有意纷纷让钱给她。青姨本来就是智商极高的聪明人，趁势大把地赢钱，毫不手软。但她足够聪明，自从跟了父亲之后，收敛脾性，再不轻易乱来——这犹如国际关系理论中的核恐怖平衡：她之美色与他之富贵，必须搭配她之从属不二与他之甘心挥洒，才能构成完美的相互制衡，各取所需；彼此之间微妙的对峙不可打破。

龙颐可进不了VIP厅，父亲安抚他待在酒店猛吃海鲜，他喜欢海胆，一盘接一盘地点，可食部分大如鸡蛋，相当痛快。吃了个够，他便到赌场大厅闲逛。从那时起，龙颐便好上了这口，小赌时输时赢，情绪随之上蹿下跳，几近不能自拔。每每等青姨玩儿得意兴阑珊，父亲方才带着她出来，叫上龙颐，夜宴，喝酒，消遣。

而龙颐仅能坐在青姨和父亲的对面，想象着他俩缱绻的情景，默默吃菜。青姨在赌瘾尽兴之后的媚态，以及浅醉辄止的绯红脸颊，仅仅一望，便无数次令龙颐亢奋，甚至下身膨胀，不得不离桌去卫生间解决一下。

他们的蜜月终结之后，婚姻的丧钟便敲响了第一声。一个欧洲的富佬看上了青姨，邀她上私人飞机。可怜的父亲与之相比几乎就是农民企业家，完全无法望其项背。不过，青姨足够聪明，没有一溜烟跑上欧洲佬的私人飞机。不是因为她不想，而是因为她知道，在父亲身边她是皇后，掌上明珠；而从了这欧洲富佬，自己没准就比一只安全套好不到哪里去——干完就扔了。她所能做的，就是丝毫不避讳让父亲知道这个欧洲佬的献媚和追求，以便刺激父亲在危机感的逼迫之下，拿出更多的心力和金钱，加倍宠爱她。事情一切都如她所料地顺利进展下去，回国之后，父亲立马又给她买了游艇。

作为一个暴食症患者，我不敢吃菜，我怕我一吃起来就穷形尽相，吓死了他。所幸龙颐滔滔不绝地说着那些新鲜事儿，我便只顾一边听一边喝酒，几杯下去，我跟他都放开了。

我问龙颐，你难道不恨青姨吗？她拆得你家七零八落，搞得你老爸神魂颠倒啊。

龙颐抬起头看我，耸着肩膀几声朗笑，想了想，正色道：这么跟你说吧，你们女的，不懂。我干吗恨她？没了青姨还会有别的，没准还不如她那么漂亮，还聪明。

话音落下，龙颐忽然兴奋地说：我们来玩儿一个游戏吧！分享秘密！

我想他一定是喝高了，微微上脸。

他不等我的应允，便公布游戏规则：我说一个秘密，你说一个，不能停。停了就罚酒，直到能继续说。

我一惊，还没来得及拒绝，他就开始了。

我先来，他说，我第一次打飞机，是在初一英语课上！我手伸进裤兜搞的，那条嘻哈裤特别大。其实是那老师穿得太露了，不怪我。他自顾自又喝一口酒，说，该你了。

从没男生这么跟我聊天儿。壮着酒胆，我被这游戏挑起了兴致，跟他玩儿了起来，说道：我第一个性幻想对象，张信哲。丫太温柔了。

龙颐狂笑，说，我靠，张信哲！我真是服了你了，怎么这么……

我也笑，顺手端起酒杯，临了又迟疑了下，换成水杯，我怕我喝多了丑态毕露。我说，笑什么，该你了。

龙颐兴致很高，继续说，那我第一个性幻想对象……我想想啊……嗯，麦当娜！

我噗哧一笑，说，有点儿新意好不好，没劲。

该你啦，继续。龙颐催促道。

最近我得了暴食症。你知道，我一吃，就停不下来。每天都在想着吃。我还催吐。

他答，我知道。我有一个女朋友得过，就因为这个分的手。所以我看到你吐我也不奇怪。

……

……

那天我们一直聊，顺着一句接一句的秘密逐渐拓展了细节，渐渐聊起了自己的童年往事，聊起了那些令人伤心的男女朋友，还有零零碎碎的窘事儿，包括我如何在乒乓男那里丢尽了脸。说了好长一阵，龙颐忽然停了下来，只顾喝酒，沉默了一会儿。

他说，你知道为什么我来了这儿吗？

我说，我怎么知道。

他顿了顿，说，因为我爱上了青姨。而且我跟她上床了。被我爸知道了。

我一惊，不答话，由着他说。我知道他会继续的。

龙颐已经彻底地喝到兴头上了，他自言自语地：

我一辈子都记得那天。我十六岁那时。……暗恋她很久了，其实。但我一直都读的是国际学校，平时是在学校寄宿的。读书心烦，烦了就总跟同学看AV，看多了，我一想到我爸跟她上床的情景，心里就堵，但又特亢奋。每天夜里我都想她，有时候就想着她打飞机。那天是周末，我回家了。青姨跟我几乎是碰不上的，我总不在家，她也总不在家。而那段时间爸是出国了，周五她又恰好在家。

晚上她竟然让保姆在家做饭了。就我们两人吃饭，一大桌，好多菜。我妈走了以后，我就几乎没有在家吃过饭了。那天她竟然给我夹了菜，还关心了下我的学校生活。问我需不需要什么……特别温柔。就像个亲姐姐一样。

吃完饭，她说，你早点儿歇吧。我也挺累的了。

我进了自己的房间，她在客厅看电视。可能是因为那顿饭，我心里特别特别躁动，在房间里，坐也不是站也不是，手足无措，接着就开始打赛车游戏，但没开声音——我竖着耳朵听她在楼上卫生间洗澡的动静。

我真的按捺不住了。

等我上楼的时候，她已经洗完澡，正在卧房的梳妆镜前，打理皮肤。真的美极了。我走过去，从身后抱着她。她一抖，但也仅仅是一抖，没有什么过激反应。直愣愣地盯着镜子里，看着我。

我觉得获得了勇气似的，就开始吻她的头发，她的肩膀，她的背。她一直没动。后来我掰过她来，特别激烈地吻她，然后把她按到了床上。

龙颐说到这儿，停了。

过了好久好久，他还是沉默着，我等不及了，催促他：那后来呢？

后来，等我爸回来，她第一件事情，就是直截了当要跟我爸离婚。

我爸都傻了，太突然了。他问，为什么？她特别淡定地说，你自己问你儿子。他干了什么好事。

其实青[illegible]早想好了，羽翼丰满了，准备好了，要更上一层楼，想蹬了我爸跟欧洲佬跑。没有借口。我成了她最好的借口。所以那夜她没扇我耳光也没拒绝我。

就为这个，我们父子都反目了。爸指着我直发抖，居然还掉了泪。他说，龙颐，你到底是我儿子，这事儿我不揍你。我给你遣散费，你给我滚得远远儿的。再别来找我。

Scene VI

有时候我想着我们这一代人，寂寞，脆弱，现实琐碎，生活疲倦，永远无所寄托，永远无所适从。无所寄托的人容易上瘾，无所适从的人难以戒瘾，所以才有这么多的沦陷：譬如网瘾，烟瘾，赌瘾，性瘾，甚至毒瘾。

龙颐依然出入他的赌场，我依然无法控制暴食。

有时候他回家来，心情不好，就找我说话。我知道他没拿我当女孩子，我卑微的外表和比外表更卑微的秘密，像一面无比安全的镜子，能够让他顾影自怜地对我敞开心扉。龙颐有时候赢钱有时候输钱，皱着眉头对我说，十八岁后爸爸就没再给我过我钱了，我靠赢的钱来吃饭，输多了，我怕。

有一个晚上，他回家来，我刚刚又暴食一场，冰箱的门还敞开着，丝丝冷气攀着照明光以飘忽的形态缓缓升腾，厨房地上散落着面包碎屑，果皮，垃圾食品的包装纸。

他听到我在卫生间的声音，敲门。我说，谁？

他说，我。

你走开！

你让我进来。

你别管我！

我不是想管你，我就是想跟你说说话。

我没理他，一边吐，一边哭。双膝还跪在卫生间地板上，抬起脸来，满脸是泪，对着马桶盖子，像对着一则惨白的生命之谎言。

我就这么满脸是泪地对自己说，我再也不要这样下去了。我真的不要了。

我洗了脸，打开门。

龙颐依然站在门口，耐心地等我开门，斜斜地，靠着墙，双手插兜，就像他第一次见我催吐时那样。

他看着我，我看着他，两人都没说话。

我忽然觉得好累，真的很累，就向他倒过去，抱着他。

他少有地严肃起来，站直了身体，迎接我，抱着我。他说，余悦，我也真想好好过下去。我们一起戒，好不好。

我说不出来话，只能在他的怀里，瓮声瓮气地哭，拼命地点头。

那会儿毕业在即，我们约好不回家，结伴待在图书馆，整天，甚至整宿。他说，你待在图书馆，就不会像在家里那样，老跑去厨房，老想着吃了。

我说，你呢？

他抽出钱包，将银行卡一张张悉数交给我，说，密码在我手里，卡交给你。

我笑。

他很严肃地说，别笑。我已经想好了我做什么了。我以后做交易员，投机将会是我的事业。

我说，投机还不是赌博！

他说，到底是正经的赌博，况且兴趣是最好的老师。

我切。

结业考试之后，我就没见到龙颐了。他消失得非常突然，也没有与我联系。略带走了些随身物品，大件的东西却还在，房间满满的，人已不见了。我手里还拿着他的银行卡，临走了，不知道怎么交给他。想了想，只能用信封装好，给了一个很熟悉的老师，拜托他有机会就交给龙颐。办妥了一切，我带着这一年的失落和惘然，终于可以回家了。

上飞机时，在登机口拿起几张报纸，带进机舱。坐着闲来无事，翻开，很偶然的，看到一则报道的标题：龙氏集团总裁脑溢血病发，旗下数支股票遭到重挫。

我合上报纸，舷窗外不知何时天色已黑。我向下探望，不知名的城市在黑暗的地表燃烧着星线交织的灯火，织成一张璀璨的巨网，像极了俯瞰火山熔岩喷发——赤红的岩浆撕开地表裂缝，迅速渗透并流动，呈放射状蔓延。

我想起了龙颐的眼睛。我告诉自己，我们会好好地，好好地过下去的。

图书在版编目（CIP）数据

尘曲/七堇年著.—杭州：浙江文艺出版社，2010.10
ISBN:978-7-5339-3066-0

I.①尘… II.①七… III.①散文—作品集—中国—当代②游记—作品集—中国—当代③中篇小说—作品集—中国—当代 IV.①I217.2

中国版本图书馆CIP数据核字（2010）第174067号

责任编辑　项　宁
特约监制　孟　祎
特约编辑　李　鑫　罗　斐
装帧设计　ivymarktypo_design

尘曲
七堇年　著

出　　版　浙江文艺出版社
地　　址　杭州市体育场路347号
邮　　编　310006
网　　址　www.zjwycbs.cn
经　　销　浙江省新华书店集团有限公司
印　　刷　廊坊市兰新雅彩印有限公司
开　　本　880x1230毫米　1/32
印　　张　9.5
字　　数　150千字
版　　次　2010年10月第1版　2010年10月第1次印刷
书　　号　ISBN 978-7-5339-3066-0
定　　价　25.00元